偶有佳作

蔡炎培

蔡炎培簡介

1935-
廣州人，二戰前移居香港
明報退休副刊編輯 (1966-1994)

1993
英國劍橋傳記文學中心第十屆名人

2003
諾貝爾文學獎候選人

2008
北京文學評審中心授予終身成就獎

著有詩集《中國時間》、《雅歌可能漏掉的一章》等十數種

輯一　　時人時事

李克強訪港

李克強走了

不。我說錯了

李克強回京去了

李克強係邊個？

我唔話你知。

天干　　地支

你看，他給我

一個惜別詩人的手勢

Oh，我又說錯了

惜別要人

香港時間下午四時二十七分

二〇一一8月18日

緬甸豎琴

緬甸變天
昂山素姬有言在先：
「我將凌駕總統！」
紫色大平原
人民接受開明獨裁的民主

古老的中國
歷經二千年封建
德先生賽先生
中式民主這一票
期諸百年
還是早了一點點

二〇一五 11月10日

等埋發仔

政改一觸即發

莊家翻盤？

冇有怕

且看雞手鴨腳包

佢地即使騎慣騎熟劉皇馬

等埋發仔

搵少一啲船頭尺

政改無懸念

28：8

今期六合彩

斷估8‧18‧28‧38

死吓死吓44帶出死實發48

二〇一五 6月18日

死訊

死訊一經出街

金球哄動

好地地一間上市公司

生勾勾的CEO

兩頭賦得穩

指點江山

江山穩

頭條新聞一單單

好地地一個人

肥頭奄耳

火了

辣塊媽媽這個韋小寶

二〇一五 8月7日

香港鐘聲

尖沙咀大鐘樓

紅日升

青山禪院

間或一覷達摩東來影

別多想了

盈耳無非車車車

清清脆脆的689

與你無關

親愛的兄弟

還記得鐘聲泳棚麼

出了封鎖綫

穿過台灣海峽渤海灣

即可望見天津了

大爆炸

小小太陽系誕生

二〇一五 8月16日

過山車

打開天空
直筆甩的火箭
預定時間預定軌
只有軌上的過山車
吊吊揈

橫空世出多如蟻
困籠！燒！割頭！殺！
伊士曼 IS 漫
Take it easy man

阿拉化妝來了
成千上萬難民潮
圍着鐵籠稚子笑
點解你唧佢
唧極都唔笑？

二〇一五 11月4日

觀禮

一把把黃傘子
高張了
藝術家的拐杖
一步一磐石
支起藍天白雲的宇宙

畢業了
崇基的榮光下
願我主耶穌「打鳩」你
（「搭救」老是咬不正）
更年輕一代要進來
像民主　必須的
罪惡
God save the Queen
女媧煉石
Long live the Queen

二〇一四 11月21日

香港時間

——聞陳冠中缺席書展

夕陽無限好
鳥自回到巢

夕陽無限好
主婦買好餸

夕陽無限好
旅客安然抵步

夕陽無限好
九九九接通

夕陽無限好
日本郵輪遲早丸
香港時間踏正六點半

二〇一五 8月22日

旺角之春

今年春天來得早

桃花蕗放

旺角人氣旺

旺旺　　旺旺

連帶台灣選出女總統

香港興旺

大年初一零時

一班馬騮扮大聖

利利市市

隔離另一條街

年宵夜市

良鄉栗子有得賣

只欠八叔公的臭豆腐

二〇一六 2月13日

城中詩

在去藍田北站的路上

巴士排人龍

從萬有街市出來的老幼

一抽二揼

做飯的餸菜

做出某一種雨傘的奇聞

棗紅哀豔黑的最鬼白

赤鱲角機場快綫

他們旅途的起點你到站

關愛座上

我是惟一最年輕的人

手邊書

你抄襲風，風抄襲我

一起閉翳　冚家富貴

大躉船撞時刻已過

要到東涌才有站

今天娛樂版

紫羅蓮走了

粵語長卷所餘無幾

　蔡炎培

戲中戲。風月

無邊。苦鳳鶯憐

一路順風

我走我的回頭路

嘩，不得了

城中詩得個桔

我美好的願望

接機大堂離境大堂

這麼多的出出入入

二〇一五 12月26日

香港人語

太陽系與冥王星

你特別欣賞最小的地球

它的歷史不算長

生魚葛湯水秀山明*

野渡無人舟自橫

人來了

蛇的氣味狼的氣味跟着來

講耶穌？基督在

到處烽煙到處血腥味

神前神後

隨侍左右的冥王

受驚若寵

一時雲得一陣陣

我欣賞香港

城中有屍　屍中有人

重賞之下一紙的公文

二〇一六　3月28日

*生魚葛湯，俗稱商湯之治。

年

莫道餘年

即使再過十年

姓梁的

不多不少三兩木

人息影

年未滿八十

世衛標準後中年

明鏡高懸　濟濟多士

多士飛邊好好食

駛乜咁騰雞嚓

三兩木

千秋萬代都有姓梁的

聯曰：

歲月隨人好

江山照眼明

聯出國學大師選堂

村山富市

有人唔信鏡
前去照水硫
浮浮盼
碗中武士兮
德川幕府
亂

村山富市兮
慈眉善目
廣島　長崎　唐山市
戰爭有戰爭的深淵
地震有地震的黑洞
詩人獨具黑眼睛
光甚麼呢
晨起　鳥噪

二〇一五 8月10日

村山富市樣，日本戰後最具道德勇氣的首相。

AA制

甚麼是典型AA制？

呢個禮拜六

不妨飛去新加坡

睇一睇

如果睇到習馬會

　　　三水佬

　　　走馬燈

兩岸領導風車轉

　　　你睇睇

　　　我睇睇

埋單結帳AA制

　　　大細路

　　　細蚊仔

三水佬　　走馬燈　　你睇睇　　我睇睇

二〇一五 11月6日

習馬會

常言道，打虎不離親兄弟

泥佛勸土佛，難兄又難弟

難兄好，難弟好

不統　不獨　不武

海晏河清了

不統終究天大的遺憾

書同文

子孫同一個皇天后土

有甚麼理由

世世代代分隔台海的兩岸

你舞龍頭我擺尾

麒麟上　這個烏龍可真大⋯⋯

二〇一五　11月7日

輯二　偶有佳作

迷魂的女人

她的車子泊在海星街

進去迴夢廊

買了一束金盞花

再下去是墓地

忍冬青隔着一條白色河流

照映千層綠

你隔着面紗的歲月

看見她

一張創世紀的美顏

博物館才有的伊娃

端坐楠木椅子上

托出背後玫瑰紅的日暮

融入整個畫幅的裏面

流着她先祖大公的血液

怎樣為了一匹馬

捨身懸崖下

彷彿回到母親的懷中

兒時，在母親的懷中

我們常常問：

十字軍東征後

獅心王和他的舊部
流落圓桌的哪方？
在「俄羅斯輪盤」酒館
在銅鼓式的肚皮上
他們麕集着
爭喊一個高級貴婦
怎樣脱下了長手套
又怎樣跟牆上的影子決鬥
像她，一路不語尾隨着落日
來在開到荼蘼的渡頭
跳入水
彷彿回到母親的懷中……

亡靈書

曼徹斯特博物館

埃及法老王的陪葬品

獻給冥王的雕像

日間自轉一百八十度

晚間回復原位

寧寧貼貼伏在蛇紋石上

背刻象形文字

漢譯出來是麵包、湯和牛肉

上一世紀二十年

古埃及法老王圖坦卡門的陵墓

給學者敲開了

毒咒即時生效

挖掘者十二名人員

形同盜墓

七年間相繼離奇暴斃

大哉王者　聖哉文物

在在警惕着我們

人的仇敵不止在人群裏面

反在三尺之間的鬼神

盜墓贊助者

鼎鼎有名卡那瘋佰爵

同樣逃不過詛咒的命運

翌年左頰給蚊子叮中了丹毒

是夜開羅行雷閃電

亡靈處

竟與法老王傷痕吻合

無名蠱惑越來越多了

鬼門關上

沙士、禽流、貝絲之類的病毒

隱隱故宮紅牆上

歷代宮女列隊提燈向我走來

二〇一三 6月24日

海浪

來了去了日與夜

走了來了一代又一代

永生的旋律

在哪？

爸爸，你很累了

我為你彈琴

六歲女兒初學比雅奴

來回往復彈出六個音階的海浪

老爸酣然入了睡

二〇一三年 7月1日

伊甸園東

我曾擺了一個大烏龍
把哭牆誤作回音壁
今兒看了耶路撒冷紀錄片
追源溯始意念怎地產生

是了，你禁敲鐘
他們樂於用上大木板
信徒一一走下長長的暗道
耳不聞祈禱與頌讚聲音

對於這座古城，原來
上帝早已作好兩手準備
烏龍擺尾
太陽一路向西

二〇一三 2月

晚景

七十了，坐五望六

皮膚大敏感

這裏一隻小鵪鶉

那裏一隻母雞生金蛋

手腳全像連鎖快餐店

禍起蕭牆

準是貪吃大陸老婆芝麻餅

老情人未撇*

認為寫詩發了太多假誓

活該全身是座坍塌的油井

二〇一〇 7月17日

* 老情人未撇，小妻子璽璽，寫小說朋友朱珺，她們三位一體。

活見鬼

楊柳岸，曉風殘月

秋瑾在此

空山松子落，幽人應未眠

晏嬰使楚

香港地

有蕭紅有蔡子民

一老一嫩

詩人可有沒有見過？

二〇一三　2月

紅海灣

搖船　活活

搖船　活活

六個人　一隻艇

撐呀撐

撐到去汕尾

汕尾有個紅海灣

搖船　活活　搖船

活活　搖船　活活

二〇一五 8月11日

呼召

夢中

Because of U

學會放映《暴君焚城錄》

火燒大教堂

拆掉十架

十架拆下了

扔進火裏

那一個日子來了

劍在木

主啊，祢的聖殿呢

我在曠野

二〇一五 8月23日

浮士德

浮士德先生
請過來
跟我喝一杯
這兒要甚麼有甚麼

我有一個夢
一座四四方方的木頭城
夜夜笙歌
可我歌者沒有舌頭的
百靈如鳥　布穀聲聲
左先知右先知示警
王有難

浮士德先生
難甚麼？
槳聲燈影裏的秦淮河

浮士德先生
夫人
不言。言必有中
四方城下

一看發財一看白板
自摸單吊絕章的紅中

浮士德先生
夫人不在了
這個這個啞巴豆皮婆
抑揚頓挫手勢下
安邦定國
天下如字花
開「太平」*
沒人禍沒天災
親愛的浮士德先生
快快來
——破解沉與寂
明天的太陽
昇

二〇一五9月12日

八十生辰自壽

*字花三十六古人之一

小説四部曲

東

> 我的身子光脫脫
>
> 任睇唔嬲
>
> 三天才開眼
>
> 四天哭
>
> 哭到老媽
>
> 眼光光
>
> 我，眼光光尿尿了
>
> 人之初

南

> 「周刊之父」抄我橋
>
> 預告下一期
>
> 隨報奉送玉女裸體照
>
> 君無戲言
>
> 初嬰芳芳泡玉盆
>
> 戲如人生
>
> 白玉盤盛茫茫眾目*

*莎維豪名句

西

風從哪裏來*

我往何處去

風從何處來

你往哪裏跑

熙來攘往馬龍中

牛車水　羊盤谷

各安天命無雙譜

消魂雨　雲夢曲

我往何處去

風從這裏跑

*隨處摸（徐志摩）口頭禪

北

南方有鳥

盡入網羅

禾稈冚玲珠

不信不信成白露

夜潦沱

二〇一五　11月1日

God is near

這一年的唱詩班
多了許多個自己
扮鬼扮馬
娛樂黑暗裏的你
或一齊覷覷地
有如未經人道的處子
塵世啟示錄
太多
四福音書卻太少
God is near
for beyond the bridge

二〇一五 11月7日

萬聖節

萬聖節後三天

路過洪水橋

果然仍有許多隻猛鬼

他們擠在鬼門關

一陳勝一吳廣

白鼻哥兒當是和珅了

陰聲鬼氣領隊直放香港仔

珍寶舫　釣而鮮　泥醉歸

害得我們張保仔

船過汲水門

撞正青衣大橋躉

直震撼

大熱門輸了銀袋有片俾你睇

何如蘭桂坊

遠不及金絲貓入眼養鬼仔

二〇一五　11日10日

北島詩摘錄隨想

一月　　摘自《自由》

　　飄
　　撒碎的紙屑

　　飛
　　風摺疊在其中

二月　　摘自《信仰》

　　羊群溢出綠色的窪地
　　牧童吹起單調的短笛

　　河川不避窪地
　　高樓大廈在堆填地

三月　　摘自《和平》

　　在帝王死去的地方
　　那枝老槍抽枝、發芽
　　成了殘廢者的拐杖

在群鶯亂舞的地方
那個襲聾啞的女孩
她唱的是支甚麼的歌？

四月　　摘自《藝術》

億萬個輝煌的太陽
顯現在打碎的鏡子上

倒瀉籮蟹
之乎者也的葫蘆

五月　　摘自《命運》

孩子隨意敲打着欄杆
欄杆隨意敲打着夜晚

米奇整夜追逐着老鼠
蟑螂悶聲不響啃着牠的尾巴

六月　　摘自《人民》

月亮被撒成閃耀的麥粒
播在誠實的天空和土地

領有天堂護照有難矣
插針唔落
惟兵哥風涼地在赤柱站崗

七月 摘自《青春》

　　紅波浪

　　漫透孤獨的槳

　　一顆流星

　　劃破子夜的長空

八月 摘自《生命》

　　太陽也出來了

　　雞毛鴨血一大堆

九月 摘自《勞動》

　　手圍攏地球

　　雲腿是這樣子製成的

十月 摘自《孩子》

　　窮納整個海洋的圖畫

　　疊成了一隻白鶴

　　十字劍指撒旦

　　因你而有了最佳避難所

十一月　　摘自《姑娘》
　　顫動的虹
　　採集飛鳥的花翎

　　含羞草啊含羞草
　　可有風信子的消息？

十二月　　摘自《愛情》
　　恬靜，雁群飛過
　　荒蕪的處女地
　　老樹倒下了，嘎然一聲
　　空中飄着鹹澀的雨

　　你畫一個圓
　　吸引我的圈
　　圓內圈圈外圈
　　一根事後煙
　　煙韌如斯

二〇一五　11月14日

後記：《香港文學》30周年紀念晚會，前來嘉賓獲贈
一個精美的備忘錄式的月曆；每月一幅現代畫，摘錄
配上北島詩的斷章，一年容易，不禁隨意所之。

香港渡船

書展閉幕
一輛一輛轎車
從水裏冒出來

書展揭幕
年度作家竟缺席現場
好在香港越來越文藝
作家依次從水裏冒出來
為首的一個
頭戴地中海草帽
陽光與海灘
還有交在他右手裏的女書
毫無疑問的壯舉
帶着死人去旅行

草帽的後邊
跟他揮手歡呼的夾道
是一眾鴨舌黨人
我們的普羅旺斯男爵[*]
滿臉笑容
他帶苦瓜去旅行

去年才作了一次火浴

今又鳳凰

冒出水裏的車龍

有些駛入渡船街

這一架，過了天橋

跟着雙層巴士直放佐敦道

二〇一五 11月25日

* 普羅旺斯男爵，也斯花名。

秋月

山下康田月

自大

山上康盈月

自圓

上下卷起來*

塔塔冚

既明且亮

這，離不了凹凸

給你

二月十四過了一星期

欣逢元宵節

想起你

我們的聖・華倫泰

商業化了

老情人未撇語我

凡人兩個生日

　（你明喇，送花要送兩次）

一在陽一在老黃曆

一個人，兩條心，唔算多

喒嘅喒嘅

二〇一六 2月22日

好日子

微微初春雨

校園較諸平日靜

默默粉飾各大書院

何鴻燊、李嘉誠、李兆基

惠及莘莘學子

我們過來人

偶然回來吃一頓晚飯

南北小廚

今天有個小宴會

巧遇筆友

帶着五個大弟子

我們二人抹抹嘴

走了

天雨飲大了少少

歇歇腳

莫如小小咖啡屋

我齋啡，你清水

送餅

我沿着你的歌音聽下去

一池春水

走下平台走上路

門口巴士站

嫣然一笑送我上車去

開出一個好日子

二〇一六 2月19日

安老*

寄戴天

Rosemary I love you……

百代之歌輪流轉

聞兄見提前分得老人餅

安老矣

從前患上氣管炎

不礙事的

家有肥仔水

穿腸貫肚又是神仙索

河漢清河漢淺

我念子

幾時借得星星托

Soft hand，或許是柔荑

元宵節

二〇一五 10月31日

* 椿兒嫂嫂洋名

宣道

九歲那年開始講道

在我家族的墓園

面向百多位男女老幼

他們躺臥青草地上

沒有起來

來到我的跟前歸主

聖靈感動

聽候主耶穌吩咐

差遣

二〇一五 9月14日

阿爾及利亞的女人

密室燈光打好

一眾模特兒

曲綫反常地模糊

左角騎在男人頭上的巫山女

木瓜燉奶

雪耳被金髮遮藏

中間的過道

赤裸的走來走去

若無其事

對角綫的那邊

風雲變幻千

一個倒地另一個葫蘆

黑白

把席天幕地

構成

閱讀只有一種

閱讀女人

白金唱片上的阿爾及利亞

砲聲隆隆

二〇一五 11月11日

秋水伊人

冷風南下

有雨

那些小雨點

老是問起你

他們很想拜訪信息的天使

空階雨

從古的詩滴到今的詞

曲徑通幽

湖光　山色

楓樹林　獨木橋

伊人沒去散步很多年

二〇一四　12月17日

嘉里芳里茂

灰狗準時開出

穿州過省

飛馳了六七個鐘頭

嘉里芳里茂

近了

陽光熾熱　　長灘沙白

比基尼滑浪而來

嗨，希拉里

我們鐵定投你一票了

我們沒奢望校園設有飛靶的遊戲

帶着新奇士橙

重訪我們六角飛簷的古鎮

O.K？

當果子下墜

步崑南原韻

果子下墜　兩極不移

我們説着老掉牙的故事

親愛的　美麗的　你在光在

全裸胴體有詩樣的曲綫

這張雙人床窄是窄了一點點

歌如天上的飛鳥　何如

地動山搖　大海內外

有船即是有了岸

可我青蛙王子慣於三級跳

一級去地獄　一級上天堂

爸爸媽媽異口同聲説：

這是人間呀　説着説着

你要説些什麼呢　前世

拈花金色臂

步廖偉堂原韻

女郎艾索摩遠觀近看
道旁石頭高解的佛像
偶作金色臂。一把量天尺
壓低風和浪，水浸眼眉扁

你底小男孩，勤於三三的功課
我底小女孩，安於六六的盤珠
他們兩個互有長短棍
打個樂乎血不流、肉不破

那個忙着趕路的飄色馬
我的小情人，或許是隔世
沒回首，天齊黑了
潔硯、磨墨，青青子髮磨一劍

漫天花雨龍眠石
一帶一路絲綢路
女郎遠觀近看
拈花微笑，大夢誰先作？

二〇一五 11月4日

碧麗湖

湖光和山色

從來動不了靜

小雷雨後

一襲童子軍制式的衣服

白石道人幽居的老屋

望微眼的幾座新添建築物

旁邊特設詩人徑

冷不妨又有好幾條岔路

你往何處去？你問我

我問湖上的白霧

聖院晨鐘

有你柔柔涵碧的詩瞳

二〇一五 11月13日

台南開元寺

驟雨過後車水馬龍
石板路旁
那一檔賣豆腐粉絲湯的
重現有唐一代的方圓

假大空
這個天空不在天空上
青雲冉冉
依稀帶有先秦諸子的面貌

濕漉漉是這兒的氣象
要等到偶然夜來的月色
也許會有幾瓣蓮蓮葉
寶蓮燈下
誰在輕敲我的木魚？

二〇一五 11月13日

代寫情書

趙明誠致李易安

　　易安居士粧次：

　　入冊手續一下子辦妥

　　大王網開一面

　　小小居停

　　獨缺詩瞳你

　　兵荒馬亂

　　一切難為夫人了

　　燭淚連珠

　　我還是寫不下去了

李易安寄趙明誠

　　明誠我兄如晤：

　　誠如所言，兵荒馬亂

　　書畫散的散，金石賣的賣

　　生活差強人意

　　謠言天滿

　　聲聲慢

　　妾身這廂有禮了

二〇一五 9月25日

國際之歌

無人再相信愛情
我知道一些兒秘密
男男忙於結婚
女女急於埋堆
男與女
日蒲夜蒲無雙譜

二〇一五 10月21日

重陽

魚美人

世盃剛由紐西蘭蟬聯
七人欖球啟始
香港的大隻佬
拚死
我們習慣撻生魚嘛

魚美人花兮
智利阿塔卡爾沙漠
有得俾你睇

二〇一五 11月7日

人面獅身

在往古埃及途中

路經寧夏

北朝隋唐墓地保護區

一座漢白玉

人面獅身出土

如此說來

甚麼鳥圖騰狼圖騰

傳說中的龍

只合降龍十八掌

二○一五　11月5日

大喜悦

公元二〇一五年十一月
為首第一個禮拜四
涼風有信
失散多年的故舊回來了
無翼鳥

崑南、無邪、盧因、十四行
驚鴻一瞥 Savio[*]

幾座大山之前
我來不及說出詩的樣子
好在有你

二〇一五 11月5日

* Savio，葉維廉是也。

漆咸道42號

那時我們都年輕

漆咸道

沒有南，沒有北

入口是聖瑪莉書院

隔籬玫瑰堂

再一兩個車口兒

　　兵房重地

　　閒人免進

你說，我要回家了

不捨。轉回頭

天長地久有時盡

誰送誰？

此情難再就是了

二〇一五　12月29日

跟海倫失散六十年，重逢了。伊人告我，41號才對。是
她一家從天津南來的居停。伊人的二哥是王敬義；大
哥王企祥，核子化學專家。此公是個妙人，為了吃大
閘蟹，早機從台北來，晚機歸。該座小洋房，地下住有
卜萬蒼、童月娟夫婦，她家尾房童星蕭芳芳；三樓陳
雲裳。全是娛樂圈的人。

黃菊

跟要人通話後

喝一點水

突然眼前一亮

你在嘛

你不是花

是樹

集千年於一瞬

今日清明明日重陽節

我想甚麼?

姓蔡的,只道

菜花黃

也許可以攀一攀車邊

二〇一六 4月4日

浮與盪

一個老頭在翻成年人雜誌

另一個漫不經心讀詩

時間到了

小友前來探望我

浮與盪

或許是個實存的世界

詩話現實即超現實

捎來的集子

卡繆的髮型永不過時

陳黎　　曹疏影

楊佳嫻　何式凝

天秤座對倒天秤座

對不起，我是不解溫柔的

二〇一六　7月25日

小友給我洪曉嫻新著《浮蕊盪寇》，四位作家「溫柔推
薦」；「老而不」心性頓起，「清談誤國」一番，過癮。

未晚

今天來到了香港
已經昨日
明天才是愚人節
郎十二釜金當

郎十二釜金當，齊桓短篇《八排傜之戀》配角。

大作家之死

拉開厚幕

陽光見到房間

她見到你躺在地毯上

面部經過能劇的化妝

潔癖如故，睡袍的蝨子

是她鬢角的小白花

專吃垃圾的蟑螂

一隻一隻爬上你濕疹的肌膚

牆上的掛曆沒有撕掉

定於

一九九五·九·五這一天

八十後書

風水佬呃你十年八年
燒餅五十年發酵

潮語升呢或降呢
卡箕冷不太流行

蘭桂坊分流有道
醉貓逐夜回眸

進入女人心
七分鐘李安鏡頭

死人冧樓
靈犬救走了主人

小販推着雪糕車
議員充當立法的詩人

汝曾被警告
有民主　冇自由
所有這一切
重新歸入我安靜的靈魂

帶小孩的美婦

我認得你

前後只不過廿多年

假假真真長長眼睫毛

開合地的門

腳踝的如意繩

一雙踢拖

合該踢着別的一個陌生人

我想，如果

他年再得遇見你

你老了

可回眸的一瞬

花厘碌地階有禪

二〇一六 7月17日

藍田日暖

神工戲完了
棚工隨即拆下了棚架
波地一旁參差的木棉樹
花開要等明年了

捱年近晚
德田商場一角的年宵檔
奪目柑桔一盤盤
十足省城的花地

藍田日暖
羅頓公學放學了
小人兒乖乖排隊待校巴
臉泛緋紅
忙不迭接喚一群開籠雀

二〇一六 2月3日

廊下

廊下陽光遍地

樹影扶疏

三兩小麻雀結伴飛來

尋尋覓覓

最前一隻找着了屍蟲

馬上躁動

梢頭的鳥兒眼尖

空群來搶這一片肥肉

超英趕美

幾番迴旋若合探戈舞

叼呀叼咀呀咀

執到寶

問天問地攞唔到

二〇一六 7月31日

麻袋的故事

這個麻袋

明報從北角搬到柴灣前

見過

把天台一幫會捉走老鼠的

黑貓、白貓送往海皮政府物料管理處

如此文物

經手的伊斯蘭社友送了我

留作他年的紀念

物盡其用

詩人請不要大驚小怪

你看——

丐幫幫主也有了一件新衣服

二〇一六 7月11日

懸賞

史無前例的難民潮

在萊斯沃斯島

沒有人知道

一頭巨大無朋的灰熊

死翹翹伏在長灘上

一說拉登顯靈

一說此地無魚三百兩

一說天眼昭昭晿

一說更無稽：

希特拉才是救世主

誰知道真相？有獎

賞給你一籃子貨幣的銀兩

二〇一六 2月2日

小學雞的夢　　讀王小妮《致不想和富人站在一起的大學生》

其一
　　那個拾荒女人
　　背筐着甚麼？
　　快快前去給我搜搜看

　　綠豆　　芝麻　　九品官
　　還有好幾隻
　　勃起來的大老虎

　　大詩人呢大詩人呢
　　從小到老白日夢

其二
　　作文？煩死了
　　長大了，我要做貪官
　　貪少少
　　擺正堂軚為人民
　　收番多少手續費
　　幫補幫補一下小三子

九十幾歲的人了

我有一個十九歲的情婦

替我揉骨替我擦背

勞形案牘

無可奉告

尊嚴死

戰後的日本

已經不一樣了

切腹

毋乃菊花皇朝舊俗

跳火山

另一種文學

尊嚴死不同於安樂死

人赤裸裸地來

合該坦蕩蕩地去

子曰，正衣冠

禮成

二〇一六 3月6日

土瓜灣

念林琵琶

土瓜灣

其實是個誤會的美麗

我住興賢佢住興仁街

一下樓

睇見煤氣鼓

不覺已吃了早點

九巴的返工車

依時接載

飛身上

一閃而過的城

九龍差你在

天天如是

如是叮叮又一年

二〇一六 9月1日

迎雨記

我常常在你的美麗

偷吻雨

之前電話掛綫了

然後下注

二〇一五最後一個賽馬日

我的「人民武士」勝出了

起孖在望

上天忽作傾盆雨

神起來

出竅跑了一段路

回來

你頂上的「鑽飾飛龍」

險勝

二〇一五 12月28日

補襪記

過了冬

一隻襪子破了

省起紮腳奶奶的針黹盒

銀針依舊亮白

頂指也一樣

穿針有點小阻滯

人老了，沒脾氣

耐性是母親遺傳的

卒之駱駝穿針孔

一天光了

一個人一生要走多少路

穿破了的襪子可又多少雙

二0一六 3月20日

早晨，北角

我起床
地頭蟲全醒來了
從南康大廈橫過電車路*
吉祥茶室　　馬兒
依次安坐排位表
水吧阿強哥，做的波蘿油
絲襪奶茶靚到髀
天眼開
這一天，當是安息日

安息的人們，活在當下的
臥軌女人離不開
餓鬼的女人
你不要走得太快
香港大酒店
黃與林，阿霑進了去**
打吓問吓不出街
是。溫柔不住住何鄉
好戲連場
昨天任劍輝，今天李三腳
長髮為君剪

再過去　大船塢

除了太古城

可甚麼也沒有了

二〇一六 3月14日

*南康大廈，明報北角舊址。
**北角殯儀館，俗稱香港大酒店。黃與林廣告公司在
東祥大廈，分隔左右。

水仙辭

燕子樓頭
水仙花開了
大大小小雨花石
伴你過年

鄰家醜醜的美人兒
從韓國回來
不可風物漂而亮
可是
跟你的美麗還是有一段距離

二〇一六 5月5日

箜篌引

城門開
愚賢由此出
城門關
方仲春東遷

城門關
西風吹渭水
城門開
落葉滿長安

城門關又開
臨江仙
城門開又關
鷓鴣天

二〇一六 5月17日

重聽納京高《天地靈童》

象群在綫
展開四象步
尋找去日的水源
長夏臨

那邊的斑馬
走過日夜的長廊
一年一度
回歸大草原

隱密叢林裏
森林自有森林法則
一根樹枝　猩猩
嚐遍白蟻天地的佳餚

白犀牛黑犀牛有別
河馬胸襟廣闊
哈你老哥
無妨分享新綠的草場

夜了
貓頭鷹釋出光
暗黑的美
詩人讓位獨眼龍

這個孩子走了多少路
他尋找些甚麼呢
誰知道
返老還童笑呵呵

二〇一六 5月12日

足球傳奇

世說足球是圓的
波仔奇特一點點
通過三聯
聯想　聯通　聯企
英超多樣化
你捧紅魔鬼我捧兵工廠
三下五落二
一踢踢到修咸頓
曼徹斯特城
利物浦隔籠離鳩譜

英超足球多樣化
誰最先入波？
甚至角球都可賭餐懵
混沌初開主客和
加時再賽
對決十二碼
五個明星五張不同的面孔
餘波蕩漾
名副其實李我的天空
天空小說——

50年代初葉，此間未有電視，聽收音機實乃生活一部
分；李我的天空小說，甚受市民歡迎。

如果你不點頭

如果你不點頭
大件事了

要是花木不點頭
大件事了
蜂后怎樣束腰也得死實

要是魯迅先生不吃飯
我們楚楚堪憐的世界
有而且只有扶桑的和牛
要是玫瑰點了頭
弊傢伙矣
刺身勢必有如大肥鵝

詩人是最偉大的撒謊者
常常偷換概念
搬弄主題
所以嘛，你必須磕頭

二○一五　10月24日

雲天渡 (Parody)

湘女言詩

硬要嫁給這個這個糟老頭

蜜月選定張家界

那裏有最長、最高的雲天渡

我欲乘風歸去

又恐瓊樓玉宇

高處不勝寒

起舞弄清影

何似在人間？

碧雲天　黃葉地

高處未算高

一指禪下珠穆朗瑪峰

獨門暗器來了

看鏢

二〇一六 6月14日

神鬼人

I

大雨回到了天上

星閃閃

閃身在一旁

慣勝聆聽上帝自語

你們且信詩人的神話

II

龍頭鳳尾

鳳尾龍頭

聽住：

切耳兩頭埋

賭仔通常吐出這類的鬼話

III

走遍大街小巷

去到馬路中心

臭水溝渠邊

才見二次遇劫睡婆婆

你是人，請說人話

二〇一六 7月30日

墳起

蒲松齡提着小燈籠

摸黑入林

過董橋

一縷芳　暗襲魂

誰？

一個神偷

想不到有天自己也被盜

二○一六　7月19日

董橋　冒辟疆與董小苑影處。

思維靜院

來在思維靜院避靜了三天
一隻飛鷹幫我越過長洲渡輪
啞鈴樣的泳灘、張保仔洞
太平清醮搶包山
還有小時彈牙大魚蛋
香芒糯米糍
多餡楊枝甘露丸
一爪抓着
金色向陽花
是了，凡那等耶和華的人
必重新得力

現在要走了
來時的一草一木
洋紫荊黃玫瑰紅玫瑰，矢車菊
紫色牽牛吹着小喇叭
幾隻大龜努力攀爬上高點
穩我腳前路
再會了
旅居藍馬店的遊子們

二〇一六 7月21日

輯三 燈下人

風箏

給童蔚

你寄我風箏
箏然有聲
自是風的緣故
綫呢綫呢
人在環環相扣京城路
詩在超市
無綫電這樣説

二〇一四 3月15日

風孃

輕舟　一葉　一葉

波浪　一浪　浪接

風箏　逍遙　降落

凌波微步的你

安於我胸前的七葉楓

似古神話薩滿的女皇

而你卻往更遠處看

憐我生民黃土地

纖纖十指滿有甘泉露

請感覺我是風

晚風靜靜地吹過了黃昏

二〇一五　11月16日

玉堂會

詩瞳配上老花鏡

人們齊集歎息橋

歎息年華似水

哦，人的身影是個憂愁的小姐

我家的大姑娘二姑娘三姑娘……八姑娘

圍在窗台細察沙塵暴

聖火熄了

聖水自雪裏回

棋枰上

你的二枚腰

我的鬼見愁

好不容易下得一着半着小陽春

故都夜話玉堂會

二○○八

寄詩的人

網絡中的愛麗斯

無翼漫遊

京城新幹綫

一念如詩一念萬年

當下有大有小

有老有嫩

一副骰子在環保袋裏頭

我在超市購物哩

蔚為男蔚為女蔚為童⋯⋯

二〇〇九 9月19日

讀詩的女子

荷清池畔

一輪明月滑過學苑的樓房

坐石有時的女子

吻合池魚

翩翩舞

手中書

遲遲翻出初交的良夜

三更了

樓房燈火下

吊在耳根的風鈴子

冷聽蟲吟

二〇〇九年9月19日

詩另有結句，又想秋聲匠

劇中人

幕低垂
座無虛席
空了
各色鞋子
急忙找出路

我在找你劇中人

燈光由明漸暗
大鋼琴跑出來的斑馬
入林
葉茂花繁
時間頓失最後的證人

你是燈塔
燈光由暗復明
大劇院後面蔚童咖啡館
鞋子們聚腳
一人一個碼
問壺
外面天氣低了八度

北京，今夜可能降雪

二〇一五 6月14日

十四行

格格，今兒晚上別再赤足下樓來
　　揭開重重厚幕窗前安於坐
月薩滿，薩滿月　一輪
　　銀白洗盡鉛華的天河

你的眸光解釋了我恆永的存在
　　我存我活　依着你的信和望
水中田田葉　荷花燈　採蓮謠
　　一人衣白一人法相慈眉

我至愛的信友，今兒晚上
　　不要燃點那金色的燭台
燭光不瞬而淚泉噴湧
　　背向羅馬拋下三個古錢

阿米塔下，沉舟隨星而逐浪
千艘戰船幾曾為了你的臉？

二〇一五　11月5日

飛吻

夜來溫書

讀信

舊札有詩有人有名字

今兒的一封

赫然轉作先生「啓」

冇文。有口不言

言必有中

伊氏她。女也

你要找回的一半

自自然然

一直棲居心坎裏

一如每天你呼你吸的空氣

藍田玉種

夜，寄北的窗

飛蚊一群群一隻隻⋯⋯

二〇一五　10月29日

密月

信是詩。詩是信
美麗的十月
密月的光棍節
久違了的包裹
寄出
杯子和麥
分享一粒糖的
甜*

*句出戴天童詩

童話

童話話你知：

「我必須走了。」

嚇得我

心驚膽戰

奸得你

軟硬天師

二〇一五 11月1日

之一

地鐵一號綫

一個站一個站前往

一個站一個站隱退

途經巴別塔

你說她老了一點點

老去粉琢的外牆

塔頂有雪

一牽一牽的冷一牽一牽的電

我呵着你的手

幾多紅唇印着了？

二〇一五 10月22日

惟一

「之一」與「惟一」

直覺無啥分別

歌在曲子裏重生

舞在舞者下再傺

惟一是真

我的絃外音我的美麗謊*

木馬回轉頭

二〇一五 10月23日

*業餘時代的馬名，頗賦詩意；如絃外音，如美麗謊……

籤印

深藏多年的籤印

火嗎水嗎

水沒這麼冷火沒這麼熱

信是有緣

青青子髮　呦呦鹿鳴

二〇一五　10月22日

燈下人

一張厚重老舊的木桌
一盞油燈
屋裏，都睡了 *
燈下
盞鬼呀
你讀我我讀誰
讀着誰
誰可打瞌睡？

二〇一六 3月3日

*詩的前三行，童蔚語。

守夜

我們常常在流沙河上守夜

一點沒有箭傷的浮城

守了一夜的星辰

留白

我守着一頭雪豹

眠眠

眠眠雨，雨眠眠

「死啦！死啦！」

神話神在這一點子上

死鬼老在孩提腳跟的後面

震騰騰

你信「神」。我就信了

凡泥的，必然化作「塵」……

二〇一五　10月23日

凌晨四點半

獅與虎

前時才獲贈獅子
今兒又遇黑白虎
獅子與老虎
如果困籠在一起
會點?

獅子乖乖老虎乖乖
在森林法則下
撒一把尿
同一天空上
各有自家的領地

木馬回轉頭
公子,你去哪我去哪
這裏是早晨
你我近在咫尺的天涯

二〇一五 10月24日

海歌

無墓的人哪
誰叫你的娘子在大陸
有樹　有林　有雀
有獅　有虎　大笨象
懂得鳥語
西山紅一葉
老婆大人通易理
留詩白

詩大序　海是陸
童話女兒才有船
我畫一張飛毡承托你
轉眼去到伶仃洋

二〇一五　10月26日

錶

錶的呼吸聲

不是我發明的

發明家在中研院

歌與歌者

曰鉈

舞與舞者

曰鵝

白髮齊眉鉈住佢

古老當時興

可我分行傢伙手作仔

上班等放工

數埋十隻腳趾頭

夠鐘了，請請。

二〇一五 10月27日

無翼飛行

毋須電腦

毋須衛星定位地理圖

身無翼　飛行夢

我在看你小跑步

Go Go Go 高高高

降落是言說的速度

許是白色父親頭戴小白帽

許是扶風柳絮綠色母

　　坐石心同靜

　　攀藤景更幽

你在看誰小跑步？

二〇一五10月27日

致阿米格格

眼有愁怨

你想嫁給玩笑

如願如意

我們詩的童話故事

徹底破碎　徹底完美

說着說着青蛙王子來了

坐定定

我給你推開窗

看看高枝上的眉月

江心舟　孤帆遠

坐定定

所有門窗打開了

地鐵一幹綫

掛明月

二〇一五　10月27日

青蛙王子

斯人有了一首詩
不學無術
不述自有天書

風雲變　蝌蚪出
鄰家女孩拎着吊綫鐵罐子
左搖搖　右搖搖
搖搖不覺外婆橋

外婆八十有多了
我不依
至多十八年後給你看
一隻青蛙兩條腿
撲通一聲跌落水

二〇一五　10月24日

謀面

原來善畫大花面
畫啦畫啦
我好想登台
變臉卻差一些兒半點

這回好了
一顆心沉到了谷底
你若授予絕活
俺大有可能扣住鉸剪腳
色・戒那個陰濕的女鬼

我的好哥哥，你這冤鬼

二〇一五 10月27日

吃飯前 洗洗手

清華氣象台

她們早上出去

日暮而回

我摸索十多年

此刻瞧着我的

默存大師

初會楊絳先生的大門

門內兩旁剛洗過澡的松與柏 *1

脈脈修鍊一指禪

門出門入

門入牆壁確有這回事 *5

人瑞冊上編號一零四

我夾雜其中

　　　自強不息

　　　厚德載物

八大金剛八小的石梨

一水一木不遠處

日晷示我斜陽路

我信步前行

滿有詞風長短腳

念唐

轉角荒涼而冷

暴雨初歇

一座廢置的建築物

百聞不如一見清華氣象台

圓頂塔一如清真寺

一如「給老蓋的頭骨一個便士」 *2

有了新詮釋

　　不識盧山真面目

　　卻緣身在此山中

子在川上曰：逝者如斯乎

隨身至寶阿米格格路綫圖

八九不離十。念下去

有而且只有十九卻沒有二十 *4

三百六十度方圓

眾樹醒來

高歌梵唱喧天寂

……

你永遠不會明白

我凝視天空時的感覺 *3

二〇一五 10月27日　　子夜

*3 句出童蔚。
*2 T.S艾略特《焚毀的墩諾》，副題。舉無甚意義，無非給讀者一個突兀感覺。
*1 楊絳《幹校六記》，後易名《洗澡》。
*4 巴別塔由十九位女神司轄大地。
*5 《門入壁中》，童蔚紀念王明貞教授詩學。

平行綫

A與B

兩條平行綫

A你B我

回歸了

我披着燒燃的衣服

你帶着圓規架

越黃河　過秦嶺

天山池畔摘朵雪中蓮

無翼飛行

日與夜

尾隨蠟翼紛紛下

我們校正羅庚攀高一點點

打一個空翻

交匯太陽小小的臍眼

你見煙士我見book

你寫的詩

宇宙洪荒的木蛋

二〇一五　10月28日

排排坐　吃果果

聖誕禮襪

至聖夜，聖善夜

光華射

你是無翼飛行的天使

穿梭京港兩地

一念可就六千里

六千里風情

竟是赤足來的

不好不好

我家織造的羊毛襪子

暖笠笠

最宜打野戰

雪人明明砌好了

怎麼不見了？

二〇一五 12月25日

凱歌

大海高揚自身的水平綫

船在暴風眼

昨天

唱的歌——

Island in the Sun

預兆要來的風要來的雨

放飛着海燕

阿米格格

雨中吟着你的詩

酒和麥包

五香肉

大海深藏舟子的故里

船過好望角

我的三桅船

徐徐

滑入你的港灣裏

再也

不聞巨浪的驚呼

二〇一五　12月25日

六醜

最醜的美人兒
字醜
不要給別人看
蒲公英　風信子　怕醜草

我的孿妞七尺七
三圍尺碼：30．28．40
胸懷坦蕩蕩
你的飛機可以起跑

二〇一六　2月19日

辭歲作

感謝主
給我一個好醫生
藥到春回
肚子裏的小頑童跑了
明天我又是一隻生蝦
生蝦跳　小狗叫
清華園的貓館長
瞇起一綫碧瞳子夜眼

春回大地
一樹桃花一樹桃花呀
破而立
殘英落盡
喜上你悄悄的眉梢

二〇一六　2月7日

未完書

零

一幅待題的畫

一闋未完成

一座九曲十三彎迷宮

地下水中天

波心動

好在有你

有你手中一根紅絲綫

繫我腰

好認得來時的路

二〇一六 5月6日

I

端午了

詩人的一生要死幾多回？

我未給你愛斯基摩人的吻

親親你的鼻

親親我的鼻

北國冰封　萬里雪飄

小心！

大白熊隨時隨地……

二〇一六 7月16日

II

天星落盡輝煌後

花木全醒了

早於露

雨一直沒落下來

一個嗜夢者

雲想衣裳花想容

回頭看看

看出橫跨你我彩虹的碑石

洲際彈道

二〇一六 7月15日

子夜

静坐暗黑裏低頭念禱

你冰肌玉足接天蓮步子

碧海長空雪野

窗前黃菊待你看清淑

琴台那端一闋未完成的樂曲

幾時我們來隻貼面舞

子夜是盤古原爆的聲響

貼眼柔光可鑑的髮

二〇一五　11月24日

輯四 散落的一章

徐訏

你來了
在淒風的風中
你風風雨雨的來了

你來了
不給我小說只給我詩
不給我Ira只給我煙 *
往事如煙

你來了
從吉卜賽的誘惑
到荒謬的英法海峽
風蕭蕭的一吻記得麼？

你來了
來自多星的星夜
來自沒有光的光中
我會在虹口候你
帶我過岡

天亮了，你該回去！
莫再留戀
過去的哀樂。

今天才是你自己的，
市場的掛牌上早已有，
你價格的漲落。

改錄一九四六年舊句

徐訏　一九五四

*Ira《鬼戀》主角愛吸的洋菸

余派……

余派，不聞此調久矣。余派，在我看來，不含褒貶；打開天空說亮話，余光中受聘中大後，用王安憶的話說，「香港越來越文藝」，尋且「沙田漆油」（沙田七友）成了響噹噹的金漆招牌。十年下來，蔚然成林，舉其大者，首推北岳、黃秀蓮兩女將，男班莫如王良和、陳汗、陳德錦之流，各有造化。

事實上，「香港越來越文藝」，前者已有馬朗的「文藝新潮」；余光中這位大匠與此匯合，現代主義遂成一體兩面。不是寶島有過的「篷車浴血戰」矣（大匠戲言）。

馬朗移民美國，戴天「這條友仔」買其餘勇，另闢新天，才有今天的也斯、葉輝……大陸時興話語權，香港沒有；有而且只有「越來越來文藝」，說不定，「將來未必太輝煌也未可知」（瘂弦語）。

一句話，香港文學，自有她的生命。順帶一句，寄語岑文勁君，有幾多人看工人寫的詩？我只知道，在大陸，一個從四川到東莞的民工潘小瓊，貴為人大代表，文名不下農婦余秀華；此間，誰不知道我們的飲江……

《明報歲月》補白

《明報》曾是我家；每有明系中人來電，如晤親人。昨接《明周》編輯電話，說在不久的將來，希望明報舊人寫寫「我所認識的查先生」。

打開天空說亮話，我們人前人後稱「查先生」，私下都叫「老查」。倪匡嘗言，查先生是第一流朋友，第九流老闆。就我個人而言，在一個重商社會裏，老闆難找。也許與我少無大志最有關，入了《明報》，生活有了基點，安安心心做個「分行傢伙零售商」，於願足矣。查先生是讀書人，天生兩條腦筋，一是做生意，一是寫小說。在在適足反映「這人」實虛的兩面。做生意，賺錢是天經地義的。那就必須穩打穩紮，立於不敗之地；務虛的一面，可在《金庸作品集》夢回。查先生主政下的《明報》，從沒有辭退任何一個員工，至多人家加薪二百，哈你老哥只得二十；怨不得人，理宜自我檢討。

打開天空說亮話，如果來生我還學人寫詩，還是報界中人，我願一輩子跟隨這個「大惡人」（我想不出與「俠之大者」有啥分別）。沒什麼，人的一生，要是能夠做到一件事，那就很好了。是不？

回家

　　瘂弦的信，讀到我在他報的「明報歲月」散草，鼓勵我好好把握寫下去，這麼老大了，一個專欄也沒有。當然，我歡喜寫作，限於個人材料有限，即興之作尚可。再說，寫專欄，談何容易，一是讀書不多，一是人脈不廣，很難東南西北中神通；開牌頭可就不同，馬仔「龍頭鳳尾」，我也可以來上一手切耳之類的天羅地網！說正經，個人做過編輯，雅不願做個麻煩的作者；是以每每投稿，稿末附帶一句「如不合用，投籃可也」。

　　明報副刊編輯要開專欄，真箇受寵若驚、受驚若寵。看我忐忑之情，編輯給我定心丸，你歡喜寫什麼就什麼！寫些什麼好呢？百尺高樓臨大道，閒中數盡行人小。「崖樓隨筆」而已，偶開天眼覷紅塵，不敢不敢，也沒這個資袼。

　　寫些什麼開場白呢？打開天空說亮話，明報曾是我家，天台後樓梯的長廊，門房老工友還鄉了，讓位給我，確是個安樂蝸；小兒錄了很多五十年代的歌給我，晚晚隨着「我是一個偉大的撒謊者」入夢。夢中，煙入汝眼，a kiss is just a kiss, a sigh is just a sigh……這個日子很容易記取，一九六六六月六日，「史稱」另一個最長的一天。一九九四年愚人節，查先生下來編輯部跟我們作別，我遲至七月才申請離休。

　　七月是重臨了；回家了，回家的感覺真好。

大河源

我想我認得這個老地方

從生至滅，跟着其他的榮枯

六月頭一天，河水氾濫

海狸忙於搬家。獵人

忙於釣魚，射殺野鴨

河底的鱷龜也不愁魚食

我的老母親，百年劃上句號

河灘上的古霧群，一直尋找

未來的西風，是的，八月了

紅翅黑鳥蓋覆密不見雲的天空

山茱萸，櫸木林，你的倒影

十月，麋鹿換上金黃的鞋襪

滿山滿谷滿目大小不一的紅楓

大地一再要命的脆的薄的輕

苔原天鵝南下了，冬日裏

我常念想塘鵝747那樣的客機

雪溶後的大河源，早春來了

白頭鷹展翅，高枝上有兩隻雛嬰⋯⋯

　　回家了，最先想起母親。明報副刊以前是沒有詩的，目下久不久就有非常出色的詩章，一新耳目。顯例是鍾國強《鈕

扣》，飲江的《人一思索》，黃燦然的《卡繆説佛》，淮遠的《麻袋》，余派女將北岳，政治詩抄不寫則可，一寫非同凡響；當然，少不了想重新出發的廖偉棠……王安憶説，香港愈來愈文藝了。

文藝，毋乃一個社會的軟實力。一個人死了，還有人記得你、你就活着。

大頭佛還沒有回來

一九三五年，文化界誕生很多頭豬，舉其大者而言之，王亭之是，倪匡是，醉心占星學的崑南是，自許為兩岸第一支筆是。且慢，港也有「盤古」的包錯石可以相提並論。這位老哥偕「真光紅拂女」曹仲蘭同赴大陸，卻渺無消息石榴紅。

話說自許為兩岸第一支筆李敖，這頭老豬在《播種者胡適》，不禁慨乎言之，「名滿天下，謗亦隨之」。說得真是，幾許大人物可作過歷史下的獨白？

第一支筆堅信「父子無恩論」，老父辭世了，靈堂上堅持不跪就是不跪；鍾情德先生與賽先生，中國若要振興，有而且只有「全盤西化與梅毒」！語不驚人死不休。

然而，作為一個人物，李敖從外島服完兵役回台，重睹台大校園，「委脫大難求淨土，傷心最是近高樓」，低吟起古人的詩句：無限依戀，低低徘徊，淡淡哀愁。

「一國兩制」下的香港，多年來發生這麼多大頭佛，獨立論的國師、教主肇其端，一些文化特務大搞小動作，香港仔眉精眼企，特別是那些從左道出來的，藉着大陸人脈，上下其手，在「一國兩制」免死金牌下，悶聲大發財；誰說紙質印刷出來的東西是「夕陽工業」！在茶坊聽來的所謂大陸小道消息，十居其九由此間「出口轉內銷」。

際此改革開放，肅貪是否徹底，自是關鍵詞。習十八打虎之餘，習十八與他的情人就是這麼一回事。事關國運，北京當局可就認真對待 。

祝福

　　查先生創立明報，最大願望有天能進入中國大陸；身居
江湖，心懷魏闕，幾十年下來，光景昭然在目。憶昔三十周年
報慶前夕，不巧遇上八九學運，社論高度評價，從頭到尾沒
有喊過一句「打倒共產黨」，後來演變為三山五嶽的民運，
李卓人解款四百萬（有資料說是千二萬）之事，要寫了悔過
書方能甩身回港，可見一斑。

　　這次有人想變天，氣味可從戈爾巴喬夫訪華身上嗅出
來。劃時代巨人戈氏路見各大院校學子，紫陽真人竟然公
開「泄漏國家機密」，重大決策要由高尊者拍板，言下，總書
記也罷，身不由己呀！相比下，胡耀邦的「含冤侍楚王」，可就
「中國女性文學」得可以。

　　六四風波過後，高尊者慨乎言之，國際大氣候最有關。
這，自是指涉蘇聯解體。六四是國殤日。天安門清場，原本不
必要流血，用上北京老大娘的民間智慧──兩個解放軍挾持
一個離場，不是好辦得多了。可是兵部員外郎後人流有先祖
大公的血液，心念一轉，要是換上二十年穩定，這還是值得
的；頗富「十八條辮子」任你抓的英雄氣概。直至今天人人問
「六四真相」。如果我的直覺沒錯，禍起蕭牆，單眼仔洞房，
紫陽真人與李八眉不咬弦，鑄成此一大禍。歷史是公正的；
我們除了學人寫詩的詩人外　王丹的基調就是一個詩人)，好
在還有不寫詩的詩人王維林。

今年，又是文革50周年，文革餘孽賣錯相思表錯情，改革開放畢竟還是在幾個真正共產黨入手裏；一隻字不能改。發展是硬道理，中國大歷史，壞在有才有智的入手中；這是教訓，也是祝福。

1941年7月14日

　　車過永別亭，沿着薄扶林，彎彎曲曲下又上，上又下，雞籠灣墳場到了。先前，我們在東華義莊辭靈。義莊前的一塊空地，有很多皇天后土，其上用小石塊枕壓溪錢，好讓死者垮過奈何橋。

　　僧人繞着空棺，金銀衣紙買得命長。喃嘸着，喳喳的聲響特別長，的打特別短。我們跟着繞圈子。母親在同村靚姨攙扶下，哭哭啼啼勉力提起了腳步。我哭聲震天，拉着母親的麻衣，跟蹌地。幾個月大的妹妹，伏睡在母親孭帶的背後，歪着頭，滿有笑意，嘴角流涎。

　　法事畢，我們進入一座石坊，石坊置有許多石牀，牀上死者井然有序地排放，分作一行又一行。母親艱難地把蓋有大紅旭日飛鳳的錦被揭開，父親眼眶滲出了血水，三十三歲的人罷了，仔細女嫩老婆靚。母親年方廿九，我話名五歲。

　　「凱哥。」母親每年上墳，「你要保佑強兒呀，還要時不時給我報夢，有個好商量……」逝者何知祭者哀。

　　雞籠灣一片綠，葱葱鬱鬱，瀰漫郊野清新的空氣。海的那邊有大洋船。父親葬在枕山面海的一個小山坡第三梯次上。時維1941年7月14日，父親留給母親的祖屋這樣列明。

董橋的小說人生

董橋作品，個人最欣賞《橄欖香》。三十個短篇，不像摩登小說，女角大多面目模糊，當代作家群中，有而且只有徐訏《鬼戀》「嘴角浮泛一絲多情的顫抖」，與乎張愛玲的七巧，「一級一級走進沒有光的所在」，還可偶然一見。董橋的女性，工筆畫下，個個栩栩如生，一如「相中有你」，當中以「喜巧」最吸引我。且看小董怎樣寫——兩簾長長的睫毛彷彿幼嫩的蓮葉深情呵護的鼻子櫻紅的紅唇。

香港光復初年，在告羅士打下午茶座，我們還可一覷《石湖》的秦大姐，四十幾歲，宋美齡髮髻，宋美齡的旗袍，宋美齡的翠玉手鐲，彎彎的秀眉襯上細緻的鼻子，薄薄的嘴也像極了抗戰時期的宋美齡，言談呢？

「吃辣傷身。」她的呢噥語糯得厲害。
「從小習慣，從小習慣！」桑先生臉紅了。
「出來了最好戒掉。」這一句悄悄話了。
「該戒掉，該戒掉。」斟茶的手微微發抖。
摩登文華的「喜巧」，小董醉了。

——也許剛過三十，好看得像山鄉裏無意中看到彎彎的清溪，地圖上找不到；也像一本買不起的舊書，書衣秀雅如新，站在書架前摸一摸翻一翻也甘心。

相形下，《喜巧》裏的水蜜桃，老上海的紅舞女，我在六國飯店與金凰池，也都見識過。

三十篇讀下來，一讀再讀，結尾簡直是神來之筆，我不抄了，你找不找來看看由你。「小老頭」劉紹銘說，「文字是董橋的顏色」；山色有無中，也許就是小董筆下的小說人生罷。

二〇一六 7月17日

一把初民的聲音

在《香港文學》30周年誌慶中，詩人朋友告我，國內有兩位女詩人火紅起來了，一是余秀華，一是潘小琼。後者我嘗在《詩刊》讀過幾首，印象始終不及東北二李（李輕鬆與李見心），只能用馬經術語「中規中矩」言之。詩人原是一位從四川來到東莞的民工，長期生活在機械操作中，作品自然不多不少有所反映，特別標青可談不上，走紅了，我們只說運氣不壞。

至於余秀華，筆者不是低頭族，一介「鉛水遺民」，所以陌生得很。去屆書展請來了這位嘉賓，由黑帶詩人廖偉棠引介登場，敢信了余秀華的分量，正是不信泥佛也要信信土佛呀。原來詩人來自農村，一個腦癱的農婦，因而詩集名為《月光落在左手上》。

女人是水。整一本集子充滿水向低流的意味；用的語字簡單，沒有警句，但有佳章。如《岔路鎮》，不由省起給人遺忘了我們詩界的桑塔格鍾玲玲那本《玫瑰念珠》。余詩如《美好之事》、《打開》、《漏底之船》……在在彷如詩經可能刪掉了的，今天，終於在文藝復興聲中出土了。「我的蠟燭在兩頭燃燒」！

孤獨的星群長久孤獨。孤獨是宇宙的繩索。唯有這，靠着這，我們繼續前進。

普通話與粵語

　　北伐成功，民國啟元，國民大會擬把粵語定為國語，彰顯中山先生；聽詩人鯨鯨說，一位粵籍代表遲到，為此以一票之差告吹。香港既然回歸了，常常有中央領導人親切問候，理直氣壯推薦普通話（說得一口京白的人如習十八，果真「打鐵本身要夠硬」；依我想，一定是從夫人的歌聲學回來的）。香港仔女，一向話頭醒尾；常言道，執輸行頭，慘過敗家，小學增設普通話一科，用不着大驚小怪。憶昔培正的日子，從幼稚園升上來的同學仔，個個口舌便給，初中入來的，清一色「十九路軍」！過得幾年，國府遷台，南來插班的同學多了，從上海「打飛機」來的吳家瑋（「搭飛機」老是「搭」不正），榮氏家族的榮紹曾，汴梁的章以洵，用不着涇渭分明，動不動炒蝦拆蟹。

　　香港地，說來好笑，所謂廣府話，也不是純正的粵語，我家紮腳奶奶說的才是，且帶有書卷氣；她們那一代，沒受過什麼教育，母親也是上過廣雅書院七天的課，一樣有板有眼，一樣夠索！想來也許她們從戲棚聽來的。

　　不懂普通話，本縣曾經此苦；赴台升大了，教土壤學的盛澄淵，講微積分的魯男子，一派鄉音，聽側耳。還有還有，開學未幾，國慶了，去台中車站看遊行，及後在沁園春吃碗陽春麵，買了單，我語堂倌，你們的麵食非常好味道。堂倌捉弄我，小兄哥，我們的麵沒有梅毒。

簡體字有辣有唔辣

簡體字，以前不覺什麼，古已有之嘛。近年來，眾聲喧嘩之餘，少不免「故國夢重歸」之感。高街古物顛狂院，軒尼詩道腰鼓舞。

大陸推行簡體字，基於文盲太多，民智一天不開，很難沒有小農思想。簡體字，上層建築當然不在此限，《毛澤東詩詞選》，繁體之外，還要披上綫裝的外衣。問蒼茫大地，誰主浮沉？即使在台灣禁書期間，台中的「沁園春」還是金漆招牌，響噹噹。

簡體字，來到香港特區的今天，有人率先力數不是。「黃金冒險號」的船長傑（詩人楊非劫）鄙之為殘體字。以其「愛」無心；「啟」無文，「國」不成國，「範」如范⋯⋯「刀削面」！是的，辣塊媽媽的刀削面。話得說回來，就個人感應而言，不一而足，愛無心也罷，才有杜十三「十年一覺揚州夢」；「國」有玉，冇壞。玉乃辟邪之物。望只望不是「金玉其內，敗絮其中」，還我天朝本色。

再說範如范，早前教院以大比數通過為大學之日。初，有人認為師範大學太普通了，不及教育大學好。摩登人士學時髦，往往如此，設若將錯就錯，更好。師范師范，任誰都像范仲俺，先天下之憂而憂，後天下之樂而樂，這樣的老師，往哪裏找？妙到毫顛即是「尘」呀，大佬。

妳與八十

　　新文學運動，先鋒人物之一劉半農，先後做出「妳」與「您」；妳，以示男女有別；「她」也好，一眼明白是「女也」；您呢，也好。有敬愛意，有敬然後有愛，是不？

　　「妳」呢，問題來了。康熙字典是有這個字的，老嫗也。你寫信給心儀的女朋友，根據世衞標準，年屆八十，方算老年。即使對方是個徐娘，你有難矣，小姐六十未及，59而已！跪地認錯啦。

又見賓周

賓周入詩，始見於區區作為現代中國人的《離騷》；句云，賓周如馬，有人吹簫過焉。事隔數十年，喜見馬仔用上小說去，作為《龍頭鳳尾》一書香港歷史的隱喻。執筆為文，無非「鳳尾龍頭」而已。

八十年代，應港大《學苑》之邀，〈奴奴〉一詩。

奴奴是個可憐的框框
即是你日常所見的
二百五，五百五，五的N次方
短的短過麻甩佬
闊的闊過大溪地
有的學人講嗒野
有的學人醫閉經
施洗的聖約翰
唏哩呼嚕開動救傷車
一條街，三條街，街的N次方
抬走一個奴奴又一個框框

N次方之外，還有大頭佛，則見於〈把晤〉；哈公讀了，率先用在怪論。

大頭佛，含意多端，大有只可意會，不可言傳之妙。如今，跟N常見於什麼「N無人士」。

是的，語言是要受到社會約制的，社會變了，語言也跟着變，蛋頭所謂「語境」。看看今天的語境，劇變得可以，可知所言夠「索」！

遇

西門先生：經過了十三個縣市，我又從老家回到上海來。一回到上海，人就不爽。在此先給你拜個晚年。

⋯⋯

西門先生：話說香港回歸多年了，我們還是陌生得很，謝謝你如此不憚煩把香港重要的詩人作家寄我，名單內應該有你才對。

我現在也做電影研究，在閱讀《文化批評與華語電影》這本書時，有一篇文章《香港一九八九》（作者：張錦滿）》開首引用了你的詩：

在二十世紀，
最後的年代裏
全城人急急惡補一個字：
走！
我們特別紀念着
愛。

好極了。你以後不要叫我傅榕教授了。叫我傅榕小姐，雖然我已不怎年輕。叫傅榕也可以。

⋯⋯

西門先生：我最近似患上抑鬱症，很怕跟相熟的人打交道。終日在回憶裏，躲也躲不過。幸福和痛。

⋯⋯

傅榕：龔定庵說，詩識吾生信有之，夢回自笑一何痴，倦矣應憐縮手時……

人生苦短，請多多歡笑。

你在學苑有教席，總好過在修道院呀。

西門先生：從一開始我就想，我支持不下去。他說，「我是無可奈何，我是無能為力，我不要你看我的醜和衰老。」我說，「和着你的醜和衰老一起愛。」愛是一個我不輕易說出的字，二十年前，跟丈夫相識相愛，也有過要好的男朋友，但說不上愛。說了，……可還是結束了。

……

傅榕：解鈴還須繫鈴人，你們有句老話：「別伏在過去的包袱哭。」你看看小人兒戰危危學走路好了。我真擔心你瘋了。我給你錄一些蕭邦樂曲，希望你喜歡。

……

詩人：我沒有瘋，我不會因為任何人瘋。靜下心來想想，沒什麼大不了，他配不上我，從年齡、相貌、地位都配不上，關鍵是配不上我的真。他很狡猾。即使和海內外的名女人上床，我也不妒忌，因為他很可憐。詩人，容我問你一句話嗎？你一生這麼多女人，你是怎麼「挺」過來的？

傅榕：愛過的女人不是女人，打開天空說亮話，我一生只有過兩個女人，一個背叛我，一個傻起來嫁給我。其他，有姿勢，冇實際。二十年前，我以為Just Meet是我最後遇見的女人了，打了賭。今天，我承認我輸了。傅榕，聽我話，生命本質是孤獨。我們一生最愛的人不一定在一起的。「思念中的存在」，你這話太棒了，但我不認同是「虛幻」。世上相愛的人很多，談得來的人很少。知己更少；知己可遇不可求。

傅榕：給你唸一段韓麗珠的小說。

「我找不到你，你在哪裏？」我想了很久，卻想不起他的名字。

「我在前往沙灘的路上，很擠。」

「有一天，你忽然睡去了，沒有醒來。」「我知道，但……我繼續在這裏生活着，一點也沒有改變。」

「但我找不到你。」

「是的，你再也不會找到。」

「那是為了什麼？」

「我也不知道。只是愛的一種罷。」

「你在哪裏？」

「我在前往沙灘的路上，很快會到達電話無法接收的地方。」

我再想不到要跟他說的話，所有的話好像已經變得失去意義。我耐心地等待着，直至一切聲音突然完全靜止。

……

你給我的信，一封也沒有少，現在寄還給你，純然這麼真摯的一份感情，我不想流落人間。我請你記着，好好地帶好你的學生，我們即是見面，心病發作的時候，希望我的詩能給你慰安。

這塊玉珮，給你辟邪。

西門：信札和玉佩，是我們通信以來最令我感動的。我是懂你的人。你不孤獨，因為有人懂你。

應女兒問答

1. 在眾多體裁中，你為何選擇了詩？

   傳道人說，不是你選擇了神，而是基督選擇了你。同樣地詩寫詩人；不是爸爸選擇了詩而是詩睇中了我。

2. 你寫詩有何樂趣？靈感如何來？

   美國大象詩人佛諾斯特有兩首詩，個人特別喜愛；一是《補牆》，「籬笆做出好隣家」；一是《白樺樹》，説一個孩子歡喜懸繩其上，從天南滑向地北，又從地北到天南，樂此不疲。爸爸沒有童年，一直在空中樓閣蕩來蕩去。

   人生多艱，是詩把我釋放，從此直到主耶穌再臨。阿們。

   靈感如何來？你是學音樂的，一定懂得莫札特與貝多芬兩種不同的天才。

   我們的但丁，一生只見過翡翠雅絲一次，寫出了《神曲》，最後的詩篇《新生》。

3. 你寫詩的目的？但很多人不明白詩？

   > 你若回來，晨光
   > 不帶一山落葉
   > 曾經叩手的門環
   > 不帶銹蝕
   >
   > 光是夜　夜獨行
   > 背着曾是接天的長道

我們半山晚晚的聊齋
當你磷質的體態閃着窗

我願我能在你窗前小立
看你頭帶愁腰髮
解開滿風滿蝶的紅羅帕
那魂雨的杜鵑花⋯⋯

每扇門窗都隨着影子擴大了
我把你的世界擎在掌心

這首《青簡》，粗看是念人之作；但詩的背後，招中華民族的魂。命定的！

至於連你也喜歡的《輕音樂》，編了劇。溫莎餐室還是那個老招牌嘛！

4. 你喜歡買馬仔，為什麼？與其他賭博有何分別？

馬是天生最悲壯的動物；爸爸是個不可救藥的樂觀主義者，買馬仔，不是賭博，是個人惟一的娛樂。人世間，豪賭有而且只有一種，投入愛情！

5. 為何你常常說「人生需要面對永恆的孤獨」？

乖乖，人的一生是要面對很多無告而淒涼的夜的；願主的榮光常常照耀你。

6. 婚姻對你來說是什麼？你為何進入婚姻？

西諺說的「較好的一半」，在我看來，「較壞的一半」又有

何不可；壞有壞的味道！執到寶，問天問地攞唔到。

7. 你喜歡吸煙，為什麼？為什麼不戒煙？
　　　　星星點着星星的火燄
　　　　「這個女孩子很秀氣哦─」
　　　　我暗暗發笑。姑丈看見了
　　　　連忙改口道：「如果是個男孩子……」

　　　　我細細衡量她和我親密無間的距離

　　　　煙圈之內有你
　　　　你自火燄中升起
　　　　帶着他沉下　　沉下沉下
　　　　我的詩不可能寫得更好或更壞

　　乖乖，我想把《吸煙的女子》這一首小詩，請代登入我的
網誌。謝謝。

8. 你為什麼信耶穌？
　　佛學的層次比諸基督教高許多；惟是基督教「簡單」；我
愛簡單。

　　有次，我們聽道理，你天真無邪咭咭地笑起來，我馬上省
起千里迢迢而來的傳道人，在這麼多信眾中叫出你的名字
來。

9. 你最喜歡哪一個作家或文學家？

中國文學我最推崇蘇東坡、李商隱、杜甫三子。請翻閱香港電台電視部製作的「數風流人物」。英國十九世紀的拜崙，在詩人「莎士比亞與摩仁髀罅」琢磨過一陣子。接觸舊俄文學，我常常聽見「上帝的懺悔」！

若論「我最」，我最歡喜奧地利大詩人里爾克的《三人行》。希臘神話奧非氏民地府尋妻記，天生是詩的題材，我注意到大詩人作品的處理手法，從而敲開這座古刹的重門……

10. 見到自己年紀越大，身體（變化）也不同，有何感想？怕不怕老？

　　七十了，坐五望六
　　皮膚大敏感
　　這裏一隻小鵪鶉
　　那裏一隻母雞生金蛋
　　手腳全像連鎖快餐店
　　禍起蕭牆
　　準是貪吃大陸老婆芝麻餅
　　老情人未撇
　　認為寫詩發了太多的假誓
　　活該全身是座坍塌的油井

二〇一〇 7月17日

傻豬，你姪子的靚嫲讀了《字花》51期這首〈晚景〉，Call我共晉晚餐。噢，馬本唔見咗一半啦。

11. 你最喜歡的歌曲是那首？

傻丫頭，你六歲時為我彈奏的《海浪》。

你說，爸爸，你很累了。

12. 你寫詩有沒有變化？由小時候到現在寫的作品有否風格

轉變和特色轉變？

有些詩人一生只寫一個意象；爸爸前半生寫一綹秀髮，

你試讀讀這首《玉壺》。

> 其土如故
> 感君一髮
> 中有碧裂
> 哀哀世人
> 莫之能見
> 但見紅塵
> 輕舟一葉
> 憐我芒鞋
> 還君赤足
> 露從夜白
> 莫問玉壺

義山說，書被催成墨未濃濃；打從80年代，我已從商隱的

氛圍走了出來，嘗試平白如話，企圖多一個可能。

文學，貴有可能。

13. 不做詩人，你會做什麼？

唔使問阿貴，廢柴。

14. 你曾說「先學做人，然後才學做詩人」，何解？

常言道，人情練達即文章；若不然，詩人對他是個太沉重
的包袱了。

15. 見到孫仔，孫女，有何感受？有什麼重要說話對他們說？

哦，又一代了。

……

希臘女神
依時重臨奧林匹克
這一屆奧運
在北京

聖火燃起了
不要妒忌你的鄰人
默默比他做得更好
成見不斷被瓦解
智慧兆其端

詩的末段，我想其他年輕人也適用。

16. 見到上帝你會問祂什麼問題？或對祂說什麼？

一個人如果見着上帝，還要問寫什麼呢？又，如果要說什
麼，那麼，……如果這是你的意思……我怕我的舌頭會
變作地獄的紅毡！

17. 你人生最喜歡那段日子或時光？為什麼？

一九三五年降生，卒年待考。

18. 你的人生意義或人生哲理是什麼？

Life has no meaning, unless you put meaning into it.

Nothing is true.

19. 你最好的朋友是誰？他/她有何吸引你？
幕低垂
座無虛席
空了
各色鞋子急忙找出路
我在找你劇中人
燈光由明漸暗
大鋼琴跑出來的斑馬入林
葉茂花繁
時而頓失最後的證人

你是燈塔
燈光由暗復明
大劇院後面蔚童咖啡館
鞋子們聚腳
一人一個碼
問壺
外面天氣低了八度

北京，今夜可能降雪

20. 你的優點是什麼？
悲憫。一種比愛更強烈的情操。

21. 你的缺點是什麼？

    任誰都知道我沒有鬧過革命。

22. 你人生的願望或夢想有達成嗎？

    乖乖，我要睡了。晚安，我家大小姐。晚安。有夢或無夢
    的人，全都要醒來。

2047的禁詩

洪慧這個小子在《詩人的預見》，區區《中國時間》的《會戰》，赫然榜上有名；暗喜之餘，人類正常虛榮心嘛），跟自家認為不太盞鬼的《秋思》，不入法眼，可見人各有命，跟詩的命運也一樣。看來，「眾星總是在呼喊着一個名字」。

2047，我這「分行傢伙零售商」自是看不到了；若然，的而且確「老而不」。如果，世上「如果」有的話，2047的禁詩，有而且只有一首，90後詩人黃潤宇的《中國是個動詞》。再說，如果「沒有最壞，只有更壞」，那麼，更壞的情況當是——

是人，不需要詩；是詩，不需要詩人。

二〇一六 7月14日

代後記
十年

「黎明不要來。」羅密歐

初會茱麗葉。詩人喪夫

燈下人隔了一月敲窗台

細語連連。細雨連連

七月炎熱八月寧靜九月重陽節

舒伯特小夜曲迴轉

魂兮歸來　物質不滅

十年了。我們的十年

文革十年。山河故人

文化斷層影畫在剪接

詩呢詩呢？我的至友

如果我有母親的壽元

聽聽那雲雀

木馬回轉頭

二〇一五　11月15日

《上下卷》
鎖鑰

（一）

「這麼晚？」站在電梯門外，她說。她是紫若，我的芳鄰。電台的廣播員。

「有一個朋友結婚，」我遲滯的說：「你也這麼晚？」我打起沙嗄來了。

紫若笑了，好像笑我明知故問。事實上，紫若職業的特色就是早出晚歸，我應該說這麼早纔是，可見酒的確有點捉弄人，一個不巧就會把腦子裏的秩序都搞亂了。可見我這人的確有着相當嚴重的弱點的。但今晚是白水結婚，換言之，白水決心在王老五的戰綫上光榮撤退，實在應該為這位陣前來歸的戰士乾杯！何況，近來頭頭碰着黑。別的不說，即使婚筵前的麻將枱上，連第九班馬的二胡都戰不過，事後二胡還口口聲聲說勝之不武。

這口悶氣不知道甚麼時候變作酒。既是酒，那怕帝國主義的白蘭地，共產黨主義的竹葉青，攪起來喝下去，都會使人飄飄然的。我記得二胡跟四維說：「為我們苦難的祖國飲一杯！為我們長江黃河『飲勝』！」我那時突然清醒起來，而他卻醉了。對於酒，二胡的確帶點政治家風度的，他非常豪飲，你若說「你醉了」，他就會故技重施，給你出條數學難題，十三的三次方再加十三是幾多？當你愕然心動之時，他就補充說道：「答案我知道。」大夥兒都熟習他這種神情，就會一哄而笑。當然，我們心中都有太多的積悃。四維在我的

左邊，眼看他也醉下去了。

我心中突然有着一種無力的悲憫，但也僅止有一句內心的聲音：「我不能醉。」

同桌的人一個接一個醉下去，那個左傾的小李頻頻跟四維說：「時間到了！時間到了！」是的，時間到了，我懷疑他是趕着去參加暴動的，但我不能醉，一醉就會高呼徐蘋萬歲！徐蘋去了哪裏？這再不是我所能關念的問題了。我對白水夫婦說：「跟我乾了這一杯吧。」這個宴會就完了。

迷茫的街燈照着迷茫的道路，我帶着習慣的冷清摸回大廈，我知道有一個向北的小窗是我的。紫若說：「爨復，你又喝了很多酒，是不？」

我來不及傷心的時候，她就把電梯關上了。我垂下頭，覺得很累。我像經過一場不見刀光劍影的戰役，很多人都死了，好的和壞的都死了，現在只有我，不好不壞的站着，抬不起頭。

紫若說：「你醉了？」

我說：「我腦子裏有一些思維要凝濾，真的。」

「是不是朋友結婚觸動了你的心事？」

我搖搖頭：「你看我，剛剛刮了鬍子。」我給紫若望我的臉。

她輕輕一笑。

（二）

門有力地站着，醉眼中覺得它從來沒有這樣孤獨的站着。

紫若住在我的對門，同一條走廊，現在我們就站在這走廊裏說一聲再也簡單不過的「再見。」

她的門很快就打開了，我挨着門向她招了一下手，並且微笑。

紫若登時說道：「要不要來我家坐坐？」

我搖搖頭：「很累，想早點休息。」

紫若想起了甚麼：「甚麼時候給我看看你寫的畫，那些畫，唉！我真擔心你會迷失了哩。」

擔心？迷失？紫若甚麼時候擔心我來？我變復甚麼時候會迷失？我真的很久沒造訪過這位美麗的朋友了。大家都忙，那就是迷失？不會的。不會的。

徐蘋的畫像掛在牆上，光在暗室，眼前的美麗很快就要消失了，這兒的夜特別長。

老實說，我這個人一生只是寫一個意象，我不要做甚麼撈什子的醫生了。醫生的世界特別注重道德，但我對女病人無法不動心，那怎麼辦？只好放棄。畫家就不同，批評家會原諒你，法官會同情你，你所寫的都是靜態的藝術，徐蘋掛在牆上，光流在壁上。不准笑，我不脫褲子就行了！

紫若觀光過牆上的徐蘋，單純而多變的徐蘋，那次她居然問我：「我能否入畫？」我說當然可以。可是此事不知怎的就沒了下文。現在紫若大概就想起這個吧？

「隨你喜歡，我最近寫了一組畫。」說着，紫若想向我走來，我連忙擺擺手：「今天不行，實在太累了。」她輕輕的掩

上了門。

於是我掏出門鑰，可是門鑰去了哪裏？我不能不關心呀！這次第，醉眼醺醺，疲倦得要死，難道就挨着門口睡覺麼？我一定會夢見飛劍從敵人的頭上降落，只因我最近看了武俠小說。唉，真真是「大頭佛」。門鑰偏偏在這時不見了。我沒有理由拍門，屋內只有我自己。怎辦呢？我伸向左，伸向右，兩個袋子全都空空如也。妙就妙在中間的袋子也沒有，我的狼狽可想而知了。紫若。紫若，我是這麼無意識地叫起了，也許是我們一向太親近了。

是的，現在第一想起的是你，我想跟你借宿一宵，好不好？我可以落足嘴頭令你不睏。我真後悔剛才的冒失，說我是畫家，很倦，就甚麼興趣都提不起來了。不然，今宵我就可以在你家坐到天亮。談談心，再喝一些葡萄酒，有一些甚麼一定很近。紫若，我是一個人習慣了的，但是不要讓我站在門外。在門外，只有流浪的孩子才這樣，你就看看他們的臉吧，看不看都是花面貓。而找，彷彿已夢見飛劍在敵人的頭上降落了……。

紫若，我不管你原諒與否，我的臉皮夠厚，老老實實佔有地球的一部分，我是毫不靦覥的要打擾你了。

我剛轉過身，紫若就在門檻上出現。看着我左又不是，右又不是的樣子，她說：「怎麼了？鑾復。」

「門鑰不見了。」我有點期艾的說：「怎麼你還沒睡？」紫若還是剛才的紫若，黑髮，旗袍，蝴蝶在衣襟上。

「我想你是丟了門鑰了。」也許她一直在門裏望我，幸災

樂禍。現在她又從髮縫中望我了，她的黑髮有一小撮令人擔心會飄下來，飄過北角。

她打開手提包，拿出她的門鑰，說：「試試看，看這個可合你的用？」

我依言試了，但辦不到，每家都有每家的鎖鑰，我很感謝的遞回給她。紫若帶點調侃的口脗跟我說道：「單身人嘛！鎖鑰得多配一把，我看老是教徐蘋替你看家不是辦法。」紫若口齒伶俐，不愧是廣播事業的從業員，最無法抵抗的話給她在最適當的時間說着了。我沒說甚麼，只苦笑了一下。

紫若了解並同情我的處境，帶笑地說道：「有興緻就買點宵夜到我家來，否則我想好心對你也愛莫能助了。」我被紫若的慈心和厚道感動，我們從和平小館回來已經將近四點了，經過明報門前，看來他們的鬥委會依然沒有組成，照常出紙，我向小陳要一份副刊，看看簡而清之流今天又寫些甚麼。有篇文章是「快」。一看題目我還以為是天星碼頭那句「please pass along quickly」的最新中譯哩。但全不是這回事。他說：在波蘭語「快」的意思是馬。內容談的是一齣波蘭的電影，由於有感於世事的不正常，這個時代有一點氣質是死亡了，但那匹馬永遠是「貴族」的。這是宿命論者的看法，也是現代人「海明威式」的看法。人是可以被毀滅的，但不能被打敗。

簡而清無疑是給此間的左傾機會者迫出來的。我們就看看這匹馬怎麼吧。路仍長，夜仍長。

紫若沒說甚麼，在我身旁只是像一個朋友似的走着，走

在前頭。她似乎是我今宵唯一的鎖鑰了。

好幾個月沒到過她的「家」了，她的家多了一副鋼琴。我說：「甚麼時候彈起鋼琴來了？」

紫若說：「大概在我真正感到需要朋友的時候吧。」

「你沒有朋友？」

「可以這麼說。」紫若頓了一頓：「但不完全，每個人都有朋友的！但當各人都回家的時候，就只有自己了。」我接着紫若的說話嘆息起來：「也許我們的情況比較特殊，我們沒有家，只在流浪，是嗎？」

「我沒有流浪的感覺，只是須要抓緊一點真實，你寫畫，就正如有些人歡喜養一些動物或者搓麻將，都是抓緊一點真實，是不？」紫若鄭重其事的說下去：「但我不喜歡甚麼貓狗之類的，只有找這樣忠實的啞巴朋友了。」

我也說說我旳：「抓緊一點真實？對的。但我的畫為甚麼沒有給我『朋友』的感覺呢？紫若，我可以跟你說，我寫畫是為了復仇，如果你看過我最近的一組畫，這個意向尤其明顯。」

我們說了許多許多，就是沒有涉及人生之類的話兒，人生實在太偶然也太神奇了，紫若和我似乎都知道這些，所以就避免把它說出來。人生的一切一切只有憑着我們心裏去估定，那麼我們負擔的才能輕些。說真的，紫若和我都不能稱為有家的人，我所知道的是有度門孤獨地立着並等我進去，每夜每夜當我拖着不想睡，也睡不着的身軀從報社出來，我就知道那是門，那是家了，它將帶我走到墳地的那邊。

「紫若！」我心裏在説：「這些都是你無法之廣播得出來的；這是動亂的世紀，他們拖曳着我們，我們也背負着他們，誰也無力去違抗誰。」這時，我開始打量一下她的家。這個房間的特色和我的相較起來似乎是兩個極端，我的周遭都是堆得滿滿的，顯出一片凌亂，但紫若的卻很單一，幾乎和她的美麗一樣，沾染不到一點塵埃。我突然有一種要把它調勻的傾向。其實，我的畫也都是單色的，也許牆上的徐蘋太美了，那就忘記其他的顏色了。

眼前的有紫若的確有點倦了，但那只是曉鏡中的紫若，有一筆是應該寫在未濃的墨上的。

她給我放上一張唱片，那是貝多芬晚年的絃樂四重奏。對於貝多芬，我只在初中的時候聽過他的第三和第五交響樂，但在這個四重奏裏，我彷彿才第一次認識真正的貝多芬。是些甚麼精靈在説話呢？紫若，我已經在感覺到了，但説不出來。你給我説説看吧，這方面的知識我太匱乏了，連做學童的資格也談不上。

我開始像一個學童聆聽紫老師在説話。紫若在賣弄她的音樂知識，她説：貝多芬之所以稱得上重要，或者説偉大，應該歸究他對人生的態度，一個現象將會解釋得清楚，當華格納填滿他的模式之後，一切就顯得江郎才盡了，分別貝多芬就在這裏，這個四重奏在他個人創作的歷程上，無疑跟他的交響樂組同樣重要，或者更重要。在不同的領域裏，他同樣顯示出貝多芬的年輕。最後，紫若突然笑起來：「這頓宵夜沒白吃你的吧？」

我説：「這是商業廣播電台，節目要完了，祝大家晚安。」

這個夜果真的完了。我躺在沙發上，全不是作畫時候攣復的那樣。我半醒半睡的走進另一個畫幅裏面了，紫若在我的旁邊，摩娑着一隻杯子，大家安安靜靜。

一綫東方的晨曦在侵近黎明，金黃的月亮像船，同樣一些東西漂泊在海的那邊。我本醒半睡的望着紫若的眉。

一些群島在出現，一些柳樹在出現，一些花朵也在出現。一隻鳥兒在飛往遠方，沒入無盡的藍色。

一樽充滿乳白的牛奶在几前。紫若在微光中走向洗手間。紫若，我要説些什麼呢？也許你已經知道了。

（三）

第二天，鎖鑰配好了。紫若迫不及待的要看看我那一組畫，她説，究竟那一組畫有些甚麼不同的意境。我説，你看看就知道了。

第一張顯然是一個嘴巴，和其他的嘴巴沒有兩樣的，它在吶喊着一些連它也不理解的主義。第二張是一雙眼睛，從構圖上看，那個人顯然盲了，但仍約略感到過去的河山，哪裏有一條河，叫做黃河，逆水向着浮屍流去。第三張是一個鼻子，有鳥有花有森林，也有踏着乾葉的麋鹿，詩人何其芳在吟誦着他的「預言」，「啊！你那夜的嘆息似的漸近的足音」。但那個鼻子只是碰着牆，像啄木鳥一樣。詩人沒沮喪，因為鼻子的旁邊有着一隻失靈的肉耳在陪着它，並不寂寞。那是一朵又圓又大的牽牛花，如喇叭，在一間冥通銀行的隔

壁，多采多姿，展示它那紅花裙子下的毛腿，詩意極了。唯一沉默的是石獅子，想流淚。第四張是一隻手。這一隻手可說是石獅子的延長，現在經過我的法眼，把它孤立起來，不向無知伸手，向着那最紅最紅的紅太陽。一隻手從火裏長出來了，他在抗議，他在暴動。這組畫是以這張較為顯明的，因為這一切都行將歸於歷史。第五張是一雙腳，正眼望過去是靜止的。我們不知道它在做甚麼，但當把窗沿的一帶垂下重重的厚幕，它顯然是在一個舞台上，我請紫若不要站得太近，最好從我的側影望過去。

紫若說：「爍復！你騙人！那雙腳實在走得太快了，我只看到它的影子。」

我把厚幕扯起，第五幅畫，一頭馬出來了，引頸長嘶，向那透光的原野。第六張是一襲衣服，一襲最簡單的衣服，穿在誰的身上都一樣招搖過市，告訴你，我就是政治，我就是軍事，我就是經濟，我就是文化，我就是藝術！這套衣服的旁邊有一把很長的頭髮，不辨男女，昔士風在向電結他邀請，我依舊跳它的阿哥哥，　我依舊是紅衛兵，我依舊是香港最年輕的一代，一個不巧，我就是大字報，貼在你身上。第七章的構圖最單純，只有一條頗為諧和的綫，在那曾經是海是山爭作主人的地方出現，一直反覆纏打着；浪擊向岩，岩反擊着石，崖岸上有人立着，那是我，我想跳下去；可是紫若的唇把我接住了。第八張，恐怕是最後的一張。截至目前為止，雅歌也只有八章。再者一張畫上，我企圖寫一顆心，但當我試着沿用舊有的顏色去表演的時候，那幅畫突然會說起話

來：「你沒有見過血麼？你沒有見過血麼？」我給嚇呆了，木然的站着，聽它悄然寂滅。這幅畫顯然有些甚麼亡魂在裏面了。我換過一張，我的膽子開始大了一點點，我拿着筆，對它說道：「別怕，我也只有一顆心，如果……」我還沒有把話說完，血就從畫幅裏面流出來。那是一個傷口。一個無告的傷口，一個孕婦的傷口，一個戰士的傷口，一個連野狐禪自己都不知道的傷口，我不禁輕輕地摸着他們的傷痕，想着如果沒有替代，你們給我的挑戰就未免兒戲一點了。大地在逃亡中陷落。我把我的心留在那裏，我期待愛來填補。這份愛，非宗教的，但必須具有宗教的意義。心，一直在愛的中間。在我，我還不敢相信我的愛是些甚麼顏色，所以這幅畫是空白的。

紫若憎惡起來，一筆擲過去，就如飛鏢插在空白中，這幅畫，直覺地被她完成了。

（四）

我的畫原是為一個「人」去完成的。開了那次畫展之後，頓然覺得輕鬆了許多，我暫時就停筆一陣子，向一切曾經給予我溫柔與狂暴的人無聲地致以祝福和感謝。我寫詩，企圖在紫若的身上進入詩，紫若好幾次過來，把寫她的事重提。徐蘋給我寫的經驗業已不淺。但，誰能保證我獨向一人？

也許我的確是個浪子，我的沾染實在太多太多。那是在五年之後，但一切早就變了，我以「出獄」歸來，讀書對我就是一種變相的入獄。但在獄中也沒發現些甚麼。她在我心間留下永恆的懊喪，但這不是誰變誰錯的問題，我們是有緣

的，但只是去得太快一點而已。所以我才能這麼專心致意去吻紫若。佛說，有情來下種，因地果還生，一個偶然的事件我業已尋回我的鎖鑰。

這，在紫若之前，或者在紫若之後，都是一樣的，一切都沒變，變的只是我們的人生而已。人生，何太匆匆呢。你要歡笑，那就歡笑吧。第二個五年也將盡了，如果今天我還找不着我的鎖鑰，我對你說你騙了我的信任，那就太女人氣了。你看牆上的徐蘋多麼女性呀！並不是我故意，你原是這樣。為甚麼我要在這個時候忍受不了呢？為甚麼？紫若的調侃是對了，只有一點我不明白，那就是你最後的一句話：「這是你的鎖鑰。」然後轟然地關上門；當年易卜生筆下的娜拉都沒這麼緊張。你不是輕輕的掩門，我才記念你，因為你仍有一點感情，但你的說話我也是無法忍受的。我極不願在你的跟前顯現我的個性，我的母親很早很早就死了，我的初戀只是一隻蝴蝶，張愛玲女士說過，那是每一朵花的鬼魂。你可以繼續藉口拒認我，但當你不能了解的時候，誤解就是可怕的遺憾了。

「這是你的鎖鑰。」我知道你恨我，因你說過你愛我，並和我同住一個房子，在千山萬水的遙遠。是以，當我再也不能自解的時候，回家了，我是常細細把視鎖鑰的；十年了，青山依舊在，幾度夕陽紅？我想還是不及一句百感交集好。

鎖鑰丟了，換一把，但再不會是原來熟悉的撫摩，所以就談不上失落。我只能告訴你，紫若已經來過了，但還是一人一把鎖鑰好，對我這種人，只有一把實在太危險了。沒甚麼，我

是一步一步和紫若走到人前了，我們結婚，就在今日。

紫若輕輕對我說：「這是你的鎖鑰。」

我把門打開，然後關上，門外是個甚麼樣的世界呢？徐蘋，原諒我再不能關念你一些甚麼了，除開藝術。

門，孤獨而有力地站着。

我把窗子打開，紫若在我身後伏着。電車在街心經過，但我再聽不到什麼歌唱了。

然後，我獨個兒走到廳子，對着那組畫思想不已；我在我的思想中不斷吻着自己。紫若⋯⋯。

「怎麼了？」

我搖搖頭，憂鬱地笑了一下。

紫若站在房門內，神秘地給我招招手，叫我進去。

一九六七年

附錄

最好的感謝，是繼續寫下去

二〇一五藝術家年獎（文學藝術）得獎感言

鍾國強

　　僥倖獲得今屆的香港藝術發展獎藝術家年獎（文學藝術），要感謝在我不知情下提名我的朋友，以及在頒獎禮的場刊上才得知是誰的眾位評審。

　　記得在得知獲獎後的一次電話訪問中，受大會所託的訪問者問我得這個獎跟過去得獎，在感受上有什麼不同，我想了一想，然後很老實地回答：「得這個獎固然高興，但在意義上，恐怕及不上當年得到沒有獎金的青年文學獎，以及後來憑作品得到文學雙年獎來得有意義。」

　　但話雖如此，出席頒獎禮時看到前輩小思女士榮獲終身成就獎，還是相當感動的，也見證着此城的文學（以至其他藝術）工作者默默耕耘，細水長流的力量。那時更加確認，獎項不過是剎那之事，榮寵也屬過眼雲煙，文學人背後長年累月篳路藍縷逆潮流抗外力投入其中並珍而重之的事，才是我們更值得珍重的。

　　因此對我來說，這次大會安排由前輩蔡炎培先生頒獎給我，其意義實在比獎項來得深。

　　首先，蔡爺不僅是我敬重的前輩，他的作品，更一直影響着我。記得當年我買的第一本詩集，就是他的《小詩三卷》（明窗出版社出版）。雖然這本書因省錢關係，是由報章用紙的紙頭紙尾拼湊而成，且書側明顯看到多重深淺不一的顏

色，賣相亦不理想，但只要一翻開裏面的作品，便立即亮出一片不可逼視的光，把這些裝幀上的瑕疵全都蓋住了，且會讓你覺得這些瑕疵其實都不是瑕疵，而是那麼自然而然的底蘊和背景，就是那篳路藍縷，那除了寫之外還是寫，絲毫不計較外在表相的文學人本色。

那時對於為《小詩三卷》寫序的談錫永，為什麼不甚欣賞裏面的作品，深感奇怪。到今天，我仍覺得裏面寫於一九六七、一九六八兩年間的《弔文》、《七星燈》等作品，實為此城新詩史上的一大高峰。二〇一二年初關夢南先生要我為他的《香港中學生文藝月刊》寫每月詩評專欄時，我第一時間即想起蔡爺的《弔文》，寫成《哭過一夜的孩子不是江》一文作為開篇，更連扣林覺民在廣州起義前三天寫成的《與妻訣別書》，不為什麼，只因《弔文》除了詩藝深湛外，裏面還有一些更為重要的東西感動着我：

> 然後是湖、是光、是山色
> 送你送你的行列
> 接風、接雨、接一個年輕的遺囑
> （一個比死還年輕的遺囑）
> 我們是輕輕的把你接待了
> 哭過一夜的孩子不是江
> 是旗、是髮、是民族
> 是要通過鹽來確認的鋼
> 是要通過革命來考驗的缽

作它最初的槍

我們是輕輕的把你接待了

然後是花、是路、是腳迹

是無底的獄是無髮的坡

　　是的，《弔文》是寫一九一一年發生的事情，但詩句所輻射的，無疑已超越了個別事件；就像他寫的《七星燈》，顯然也超越了文革這單一事件。我從詩裏看到的，是一道隱隱然的脈絡，穿越河山，穿越歷史，來到今天當下，彼呼此應，不絕如縷……我從詩裏讀到的，除了「送」，還有更其重要的「接」，「接風、接雨、接一個年輕的遺囑（一個比死還年輕的遺囑）」；讀到裏面，還可讀到文字的骨血，讀到惻隱與痛楚，讀到昔今無別，讀到重之外的輕，讀到一個個單音節詞的響亮和孤寂；而讀到的「接」，在民族、文化之外，還隱隱然包含文學的承接。

　　「然後」，我讀到蔡爺在一些訪問中所說的話，例如這些：「我認為有兩類詩人：用文字記錄的詩人，不用文字記錄的詩人。六四時那位用身軀擋坦克的王維林，就是不用文字紀錄的詩人。」

　　而我們所見日夕把詩掛在嘴邊的詩人何為？是以蔡爺更進一步把害事的「詩」除去：「先做人，再做詩人。」可見「人」才是關鍵，「詩」很多時只會是心魔。

　　這麼多年來，我都常以蔡爺這些話來警惕自己。我知道，他的話確有所指，多年來我也看到他所指的人的言行表現

是什麼一個樣子。所以，談詩，有人說應該只談詩藝，不涉其餘，我會說真的有只談詩藝這回事嗎？語言文字真的可以有若淨水，自身就是目的嗎？

蔡爺於我的影響如是。而由他頒獎予我，另一重意義就是由他的見證着我三十年來對文字及其所用以至無所用的不離不棄。記得剛好三十年前，即一九八六年，我就是在港大陸佑堂從評審之一的蔡爺手上拿到青年文學獎詩組冠軍的獎座。最記得當年蔡爺穿的是一條紅色長褲，行止與言談一樣率性任真，讓我深深記住，世間若有真詩人，也該就是這個樣子。後來在一九八八年市政局舉辦的香港中文文學創作獎上，我的作品又遇到評審蔡詩人，他對我參賽的作品《無冕皇帝》的評語是這樣的：「《無冕皇帝》平白如話，而且語言帶點跛行性，更富挑戰意味……」

雖然這首描述跑突發新聞的記者生涯的作品沒有拿到冠軍，但他鼓勵創新，力排眾議的評語，對在寫作路上剛起步的我來說，實在有很大的鼓舞作用。所以，當我出席這屆藝術發展獎頒獎禮，聽到大會說今屆主題是「承傳」的時候，心想這是再恰切也沒有了。看到蔡爺、小思等前輩多年來不亢不卑，默默守護文字的身影，便不由得心生一股無形的感發力量。小思老師雖然沒有教過我，但她的人格感召和毅力承擔，一直是此城罕見的美質。相比他們，我那區區三十多年的寫作生涯，畢竟只是微不足道的步程而已。

而在我寫作路上幫助過我的人，除了蔡爺，我還想藉此機會感謝葉輝、關夢南、飲江、胡燕青、王良和等前輩和文

友。我尤其要感謝葉輝，不僅是因為他曾為我最重要的詩集《生長的房子》寫了篇長序，更重要的，是他向我啟示了一個有承擔、有遠見的寫作人，有什麼是可做，值得做，或應做的。我沒有見過一位寫作人，比葉輝更無私地獻出那麼多寶貴時間（以至影響自己的創作），為同輩，特別是一眾年輕的後輩寫評寫序，並常常在聚會上耳提面命，鼓勵之外，也不避可能對初寫者更為寶貴的逆耳直言。我以前一直以創作為主，絕少寫評，四年前答應為《香港中學生文藝月刊》寫每月詩評，除了因為葉輝推薦之外，最重要的原因，是也想步趨葉輝的腳步，為香港寫詩的人，尤其是新一代的寫詩人「打氣」（雖然實際上不盡是，也不一定是打氣）。去年出版的《浮想漫讀》詩評集，以及二〇一二年出版的《記憶有樹》的後半冊，便是這種嘗試的初步成果。可以說，如果沒有葉輝，這兩本書都是不會誕生的。

感謝，雖然感謝不足以言及其萬一。雖然，最好的感謝可能還是一切也不必說，只需默默地繼續寫。

最後，如果這個獎項還有一些意義，我也想把它獻給去年離世的母親。母親本不識字，一九四九年後參加了識字班才開始認字、寫字。後來她說，全都忘了。但我曾多次看着她簽自己的名字，一筆一劃，很慢很慢，像構建一座房子一樣，離世前一年，筆劃漸漸歪歪斜斜了，但還是手顫顫的，一臉認真地堅持下去。

是的，我還會繼續寫下去。

（作者是香港詩人、作家）

詩言蔡 (18.07.2005)

區結成

　　收到蔡詩人炎培的詩集《十項全能》，內中錄有他早年的篇章，每首詩的下邊註記了寫於何時何地，詩集後面又有富情味的個人年表。恰巧這幾天家裏大掃除，翻出大學時代的新詩稿，稿鋪了塵，塵埃寄居了塵埃蟎，塵埃蟎令我的敏感發作，涕淚都來了，我便在涕淚中對照他的詩路和自己的詩之夭折之路。

　　在我的最佳年份，寫詩水平約可相當於他十八歲寫的〈我為我們這一代歌唱〉。他補記說「此詩何其芳痕跡相當明顯」。我寫詩也經過何其芳（和戴望舒）。

　　攀比只能到此為止。假如當年努力寫下去，或者尚可寫出類似這幾句：「我們這裏便是夜／懷人麼／沒有傘的日子」，但一定寫不出下一句「你我都是那方的雨天……」（〈小品的夜〉）。美麗晶瑩的詩句必定是天賜的：「詩人了無句號／而詩的瓷質　在大海靜止之處綉着鹽」（〈回歸綫上〉），不懂也會感動。

　　我夢想的詩是這樣的：「我是你的小讀者／摺紙船／摺了一隻又一隻／放入水／水一樣的聲音／水一樣地流去了／慰冰」（〈扇面〉）。　他毫不費力就信手從冰心那裏拈來了！水慰冰，神奇。

　　他在2003年獲提名諾貝爾文學獎，我只知他是最初召我來寫這《大夫小記》專欄的前《明報》副刊老編。

謝謝您——風箏 童蔚

　　喜歡和你一起觀看風之上的脊骨在閑逛，喜歡同一個鏡頭裏一片輕薄的畫面，變化疾速。馬臉是一首歌漸漸飄遠了，喜歡追趕假期頭腦裏飆升的動態，腦海裏上下翻騰的是一幅不確定的地圖。

　　倘若望不到邊界，離開地面後，哪怕墜落也贏得過高度；哪怕鬆開手也證明我的擔心是多餘的。您無需揮舞雙臂，如此滑翔，像飛魚不需要羽翅，我知道您代表了無所顧忌高高在上人間的遊蕩。

　　謝謝您的來信。一直有，風箏信，斷斷續續的，飛來飛去，我還看不到終極意義。有一天，我看到自己寫的句子騰寫在上面，有一段長度。我想到，一場暢談後，最難的是結束。所以需要界定範疇，就像有人說，「我必須走了！」是這樣嗎？

　　我想起您到來時多麼完美……您是飛翔的窗戶，飛翔的屋檐，飛翔的邏輯，可惜戰勝不了自己，無論飛多遠都涉及到極限、波折，必然咬不斷那根綫……

　　知道那就是終點，那就是極限。

　　我從左手轉到右手追趕思維的速度，比如我活一遍，風箏活一百遍一千遍數億遍；夏風被秋風追趕全世界的風都與風箏的旅行有關係。我還沒歸於終點——在秋天到來時

倒瀉的樹葉像無數微縮的風箏一把一把從樹冢飄來，無需繫緊，也與瞳孔裏的思緒有關係。

您要感動我嗎　要打動我嗎　要我振作起來嗎　在此刻我很羨慕您——漫天寫滿了飄飛的風箏像暴雪，就要來了。我的文思斷了只在重複一些繁雜的手勢，拽不到絲弦一樣柔韌的關係，恰似延展、旋轉和驟停。

雨，落在頭頂，感覺到，冷，屬於一個人，雨，屬於一個人。時間，金錢在比賽，誰最後佔有誰？一定是淚水融化了一小片就懂得一輩子，原來，真的不需要保留。降落的速度是恆定的，可是為了誰、為了什麼，永遠不確定。

我會的，會遇到一個風箏會一起回到國風的屬地會看見人們手中一把把斷了的繩索，西北風橫掃過鮮草後總結道，為了炫耀才華是灰色的，燃燒到最後一縷煙跳起了舞蹈，很神氣。

謝謝您！風神給了您忽高忽低的布履，有一天您將能夠模擬風的調皮以及風骨滿不在乎撞牆的柔韌。

謝謝您，您的關心，讓我饒了自己。風箏的臉勝過千言萬語，我如此敞開心扉。我不在乎下一秒的不確定性。我看到未來無論如何挽留是沒有用的掙扎是無用的放棄是沒有道理的。謝謝您讓我懂了——

您，我看得見墜落A和墜落B對下一秒的未來是不同的。

信友——給C

童蔚

1

很偶然地
我聽見一塊錶的呼吸聲
好像瞎子眼前微微晃動
光影，經過你囈語一般地書寫
將真實摺疊為夢幻——你
你不必告知我特殊
這就是未知跟蹤時間的意味吧？

我於是塗鴉心情，彷彿
這更適宜信函輕盈不許
超重的達標；
投入郵筒，我倒退着思量
一封信背面，有着地名、日期模糊的臉：
但裡面蘊含——
蔚藍色的大海；

還有沿途松林發送訊息
金色的獅子和老虎
用利爪寫信，為了
關乎各自狂野的才情
這一切均來自想像
……
我們展現給月亮永不見面的魅力——
……
多少年過去了，
巴別塔更老了一點，
一切未知的，它必知曉。

2

沉睡的鳥兒已從混亂如密碼的地點起飛
當我正從膨脹的靈魂裡取出
一管劣質的簽字筆，草草寫下：
我願一生變成無盡的一瞬；
伴隨你一頁信紙的一聲嘆息
……

3

你寫信，以一束柔蜜的微光
先驗地將我誘入淵藪，
然後催眠。我在迷茫時感知
我只是許多收信人「之一」，

我收取並偽飾為「唯一」
使你所有圓滿的祝福或詛咒

撕開了一角
未曾謀面的人，

你具有拯救毀滅的性情
不僅寄來茉莉花滿足近距離嗅聞的馥鬱，
不僅喚醒了熟睡的年代

你寄來的煙酒氣息我也微微感動了
讓我們生活在疾風中返回80年代，

之後……

我有信心領悟某位文雅的馬臉
親吻過的每一粒詞語
然後嫻熟地將舌燦如花與邏輯縝密的敘述
捲成一根煙……啊這種感覺……逝去太久了

我搖晃每一頁紙上抖動的都似音符
可是我越仔細看，越不明白
猶於德文、俄語具有清晰的滲透力
你卻只用母語——繁衍了——南方方言。

多少年，我想到，多少人逝去了
蘋果和蛇在夏娃國度為何沒有撞上對方，
你早已習慣給我寫信依賴增添的厚重
彷彿無意識發號司令，而死神召喚了誰？
我們一次又一次為了
永不見面的魄力——

於是寫，就是全部的心……那最後的一封
一定會在子夜完成，具有一塊化石那樣
素描的花紋和質重。

夢中的雨傘乘船離去——給C 　　童蔚

雨水，必然注入到海港流走
你記憶裏有
一片翅膀的街道
攜帶年輕羽毛
如花傘旋轉就着；更加
暴烈節日到來
將閃爍着幻象的擁有；
富有經驗的眼神
看見過，輕紗柔曼
往昔的……就讓
那些登高魂意隨風飄逝罷
這思想傘邊的的滴雨
思索着，不再遍布那
鴿子還翱翔在這座城市裏
點數滿滿一街店舖
雨，今夜雨傘無覓處
雨水，徘徊千年沉穩
迷霧悄悄地抹去維多利亞那港口

2015 12

偶有佳作

作者　　蔡炎培

出版　　又有文化傳播公司
　　　　電話　6671 1114
　　　　電郵　anothercc.hk@gmail.com

植字　　陳寶玲

香港發行　香港聯合書刊物流有限公司
　　　　　香港新界大埔汀麗路 36 號中華商務印刷大廈三字樓
　　　　　電話　2150 2100　傳真　2407 3062

出版日期　2017 年 7 月初版

國號書號　978-988-77846-6-1

上架建議　香港文學：新詩